R.I.P.

werther
town

ウェルテルタウンでやすらかに

西尾維新

講談社

目次

第一冊　プレゼンテーションはいややかに　7
第二冊　ワインディングロードをなだらかに　29
第三冊　プロジェクトゥルツアーへすみやかに　62
第四冊　プレイリストににぎやかに　101
第五冊　オンブズマンとひややかに　126
第六冊　ベッドサイドストーリーがまことしやかに　159
最終冊　ウェルテルタウンでやすらかに　195

装画　浮雲宇一
装丁　小口翔平＋奈良岡菜摘（tobufune）

登場人物紹介

言祝寿長（ことほぎ・ことなが）　うだつの上がらない犯罪小説家。

生前没後郎（いくまえ・ぼつごろう）　正体不明のコンサルタント。

管針物子（くだはり・ぶっこ）　たったひとりの活動家。

喪中ミーラ（もなか・みーら）　料理上手な支配人。

餓飢童きせき（がきどう・きせき）　隣の部屋の逗留客。

ウェルテルタウンでやすらかに

R.I.P. werther town

第一冊　プレゼンテーションはいややかに

1

「そういったわけでございましてね、今がまさに旬《しゅん》であり、どなたよりもノリに乗っていらっしゃる、押しも押されもせぬ万人の推し作家であられる言祝《ことほぎ》先生には是が非でも、何が何でも安楽市《あんらくし》を舞台にしたミステリーを一本書いていただきたく、こうして遠路はるばる、馳《は》せ参《さん》じさせていただいたのですよ」

テーブルに広げた地図を身振り手振りで大仰に示しながら、自称町おこしコンサルタントの生前没後郎《いくまえぼつごろう》という、怪しげ極まる男が調子のいい熱弁を振るうのを聞いて、私は死にたくなった。

馬鹿《ばか》丁寧な口調もさることながら、遠路はるばるは自分で言うなよ。

させていただいた、も、厳密には誤用だ。

そう思ってしまうのは職業病だろうか。

職業病ならぬ職業柄《がら》、その気になればいくらでも引きこもれてしまう小説家である私は、普段からできる限り知らない人と直接会って、目を見て一対一で話をするように心掛けているのだが、しかし大抵の場合、大抵の物事がそうであるように、今回もまた、お互いにとって時間の無駄だったようだ。何が無駄かと言って、時間の無駄以上の無駄はない。こうなるともはや、時間を無駄にするために生きているようなものである。吸い込まれるように真っ黒な背広姿に丸眼鏡《めがね》のサングラスという、いかにも癖《くせ》の強い風貌《ふうぼう》からして、果たしてどんな奇抜な依頼をいただけるのだろうと内心期待していただけに、拍子抜《ひょうしぬ》けだ。

人を見かけで判断してはならない。

判断できるのは、死にかけのときだけだ。

「安楽市……、ですか」

さりとて放っておけば地球最後の日まで喋《しゃべ》り続けていそうな雄弁な男に対し、こちらも死ぬまで黙りこくっているわけにもいかず、とりあえず私は、相槌《あいづち》を打つだけの意味で、その地名を復唱した——生じた響きをどう受け取ったのか、「そうです、安楽市でございます。安らかで楽しい市と書いて、安楽市なのです」と、テープ糊《のり》で貼《は》り付《つ》けたような笑顔で、生前は身を乗り出してきた。

乗り出された分こちらの気持ちは引くのだ。

「東京育ちの都会っ子、シティボーイであられる言祝先生はご存知ないと思いますが、これでも昔はちょっとした町だったのですよ。高度経済成長期からバブル時代にかけてのこの国を支えた、日本有数の工業都市——の、ベッドタウンとして大いに栄えたものです。ただ、日本の全盛期が残念ながら終焉《しゅうえん》を迎えてからは、聞くも涙、語るも涙の、非常によくある話でございまして。少子高齢化、人口流出、跡取不足、金融危機、減反政策、企業撤退、為替変動、インフラ崩壊、空家放置、失政汚職……、今や安楽市は財政破綻《はたん》待ったなしで、来年には事実上の限界集落に認定されてしまうのではないかと、内外から危惧《きぐ》されております」

背広の胸ポケットからハンカチを取り出す小芝居を実際におこなう人間は初めて見るが、少子高齢化とか人口流出とかなら、確かによく聞く話だ。あるあると言っていい。しかしながら、財政破綻や限界集落となると、さすがに盛《も》ってるんじゃないかと思う……、盛《さか》っていないと、盛《も》っているんじゃないかと。いくらなんでも、そこまでのことになるか？

それとも、東京で暮らしていると鈍《にぶ》くなってしまうだけで、日本の大勢を占める地方都市では『よくある話』なのだろうか。

あるあるゆえに——なくなるのか。

生前はまるで、インチキな講談師のようにぱしんとテーブルを叩《たた》いて、

「そこで乾坤一擲《けんこんいってき》、不肖このわたくしに白羽の矢が立ったというわけです。かように死にかけた町を甦《よみがえ》らせるために、当該自治体からこのか弱い双肩に、全権を委任されました」

と言った。

白羽の矢が立つという慣用句も、自分で言うのか？　つまりは、それだけの自負があるということかもしれないけれど……、それだけの自負がなければ不可能な難事業でもあるのだろうが、ただ、それにしては述べた発案はなんとも平凡極まる。

町おこしのために小説を一本書いてくれなんて。

言葉のプロとしては、そんなプランに乾坤一擲なんて大層な四字熟語を使って欲しくない……、そもそも、小説を『一本、二本』で数える人間の、何を信用しろと言うのだ？　ああ、いや、でも、最終的に小説は本になるのだから、数えかたは本でも、ぜんぜんいいのか……、コンテンツと言われるよりは、まだ受け入れやすい。

　そもそも、こういうのは平凡だから愚策というわけでもない。策である必要すら、本来ないのだ。工夫しないことが、工夫を凝《こ》らすよりもよっぽど効果的な工夫であるケースもある。少なくとも、今からゆるキャラを作ろうとか、コンプライアンスがハードな時代に、あえてアニメタッチの美男美女を観光大使に任じようとか言い出すよりは、よっぽど時代感覚がある。

　いわゆる聖地巡礼。

　特定の地方都市が、映画やドラマの舞台としてクローズアップされることで、物語の熱烈なファンを新たなる観光客として現地に呼び込み、地域にお金を落としていってもらおうという算段だ。ちなみにお金を落としていってもらうというのは、遺失物横領という意味ではなく、経済を回すという意味である。代表例として、『転校生』が撮影された広島県の尾道《おのみち》市が挙げられるが、かの地は、今でも映画の町として全国的に知られているほどの経済効果が続いている。

「ただ、小説で町おこしというのは、あまり聞きませんね。最近だと、アニメでおこなわれることが多いようですが……」

　私はやんわりと断りにかかる。時間の無駄は、最小限のほうがいい。無駄を減殺するための時間だって無駄なのだから。できる限り駄を無にしなくては。

「これはこれは、何を仰《おっしゃ》いますか、言祝先生ともあろうかたが。ははあ、わたくしを試しておられるのですね？　伊豆《いず》市なんて、川端康成《かわばたやすなり》先生のおかげで持っているようなものじゃありませんか。岩手県と来たら、ほぼイーハトーブ県です。『坊っちゃん』なくして、愛媛県が現存すると思いますか？」

思うよ。

ノーベル文学賞の受賞者である川端康成先生は偉大な文豪だが、さすがに伊豆市のすべてをまかなってはいまい……、イーハトーブ県に関しては反論が難しい、宮沢賢治が好きだから。それぞれ、例の古さは否めないが、とは言え、だからこそそれらの都市には尾道市以上の伝統があるのだと強弁されれば、ぐうの音も出ない。愛媛県の『坊っちゃん』に関しては、ほぼ地元の悪口を言っているようなものなのに、ああも受け入れられているのは、なんともおおらかな時代だったとは言えそうだが……。

「ただ、そういった作品は、純文学ですからね。僕が主戦場としている推理小説とは、趣がまったく違いますよ」

「主戦場とは、言ってのけますねえ、先生。そのお言葉にわたくしのような門外漢は、いちいち感極まってしまいますよ。先生にお目通りを願ったことは間違いではなかったと、改めて確信いたしました。先生は小説を書くことを戦いだと自任してらっしゃる。そんな先生が筆を執っていらっしゃるだけでもう、ミステリーも純文学も同格でしょう」

何回先生って言うんだ。

言葉尻《ことばじり》を捉《とら》えられてしまったな。まあ私も別に、ミステリーが純文学より格下だとは思っちゃいないが……、また、ミステリーだから町おこしや地域コラボに向いていないと言う弁も、やっぱり方便だ。

ここだけの話、私は学生時代、意味もなく京都の哲学の道や、横浜の馬車道を訪ねたことがある……、奇抜な館《やかた》が建っているんじゃないかと思って、角島《つのしま》を訪ねたこともあった。あれは大分県ではなく山口県だったが……。海外で言えば、小説家生活十周年の自主的なお祝いに、オリエント急行に乗って『オリエント急行殺人事件』を読むという、二重に贅沢《ぜいたく》な旅をした思い出がある。印税数冊分が軽く飛んだが、その甲斐《かい》のある体験だった。

映画やドラマほどの経済効果が見込めるかどうかはさておいて、小説だから、または推理小説だから地域自治体とコラボできないという理屈は、かように、実は立たない。それに、逆に言えば、小説を『一本』書くのにかかる費用は、映画やドラマを撮影するのとは比べものにならないほど安上がりだ。

コストパフォーマンスは非常によい。

特に人件費は激安である。小説家なんてスーパー個人事業主だから、尊い社会貢献ですとか宣伝効果が高いですとか、うまいこと若手を言いくるめれば、ただで済みかねない怖ささえある。

いかにも言いくるめそうだし、この口達者なコンサルタントは。

そんな私の胸中を読んだのか、

「もちろん謝礼は弾ませていただきますよ。今となっては名ばかりとは言え、市が潰《つぶ》れてしまっては政府も困るのでしょう、国から使い道自由の助成金がたんまり出ておりますし、先生の執筆される小説こそが、安楽市の町おこしの肝ですから、そこでけちけち出し惜しみはいたしません」

と、生前は気前のいいことを言うのだった――助成金ねえ。

怖い言葉が出てきたぞ。

このいかさまめいた男は、個人事業主ではなく限界集落を詐欺《さぎ》にかけようとしているんじゃないかという疑いすら、頭をもたげてきた。助成金をせしめるためのアリバイ作りとして、体面的な『やった感』を出すために、受賞歴はなくともキャリアだけは長い、はばかりながらそこそこの知名度を誇る推理作家である私に、小説を書くよう促《うなが》しているのでは？

むろん、元々、仕事を選べるような立場でもない。知名度は稼ぎに直結しないし、また、クリエイターとしての矜持《きょうじ》があるからコラボ小説なんて紐《ひも》つきのミステリー、一文字だって書くつもりはないという、頑迷固陋《ころう》な作家ではないつもりだ。若い頃はそういった気位の高さもあったけれど、最近は、むしろ変化を求めている。居心地のいいエリアに閉じ込もっていては生まれない変化を。自分からは出てこないディレクションなら大いに望むところだ。

しかし、だからと言って、あらかじめ失敗することが確定している企画にタッチしようというほど、破滅的でもない。

「もちろん賢明なる先生にとって、縁もゆかりもない都市を舞台に小説を書くことを、慎重に検討なさりたい気持ちもわかります。ですので、引き受ける引き受けないは一旦《いったん》この場では保留にしていただきまして、一度現地を視察してはいただけないでしょうか。安楽市がこれから、国民の誰もが知るような名所へと変貌《へんぼう》する可能性を秘めた町であることを、先見の明のある先生のご慧眼《けいがん》でご覧いただけましたら、わかってもらえるのではないかとこの生前は愚考いたします」

当然取材費はすべて支払わせていただきますので、どうぞご遠慮なく取材にいらしてください、と、生前は言う。お金のことをこうもはっきり明言してくれるのは、いかにも出版界の外の人間という感じの明朗会計だが、とは言え、あまりそれを強調されると、お金が理由で断ろうとしているみたいになってくるな。

そうではないのだ。

お金は大切だが、それで仕事を決めたことはない。安い仕事は安いだけのことはあるし、高い仕事は、高いだけのことはあるというだけで……、私のような中堅が、極端なギャランティーの仕事を請け負うことは、後進または出版界にとってよくないという理屈もある。

縁もゆかりもない都市……。

「あのう……、こんなことを言いたくはありませんが……、生前さん」

「なんでしょう。何でも仰ってください。言祝先生の発されるお言葉のすべてが、この事業を発展させるエネルギーとなりますから。ハイオク満タンでお願いします」

「あなた、私の小説を、読んでらっしゃらないんじゃないですか？」

不躾《ぶしつけ》な言いかたになってしまったが、そうとしか思えなかった。でなければ、このような依頼を、よりにもよって私のところに持ってくるわけがない。

だとしたら不躾なのは生前のほうだ。

小説であることは問題ない。推理小説でもいいだろう——ただし、私が書いているのは、その中でも犯罪小説と呼ばれるジャンルだ。本来、ミステリーなどと、ポップなエンターテインメントみたいに、言い替えられる内容ではない。

エログロナンセンスとも呼ばれる。

どこの村が、『八つ墓村』とコラボしようと考える？　『パノラマ島綺譚』とコラボしたい島嶼《とうしょ》地域があるか？　そんな偉大なる巨匠達と肩を並べようという気概は、やはり若い頃ならまだしも、今となってはまったくないけれど、それでも未来永劫《えいごう》、私の小説はとてもじゃないが、無垢《むく》な子供にお勧めできる冒険活劇じゃないし、良識ある大人が嗜《たしな》む社会派でもない。じゃあ誰が読んでいるんだ？　それこそがミステリーである。

いずれにしても目の前のコンサルタントが、言祝寿長《ことながの》の著作を読んでいないことだけは確実だ。暴力的で猟奇的な犯罪小説を、公明正大であるべき自治体が認知できるわけがないのだから。

まかり間違って私が生活のために己を曲げ、人の死なない日常の謎《なぞ》ミステリを書いたとしても、人体を何分割できるかに挑戦したバラバラ殺人をしたためたデビュー作の存在までは覆《おお》い隠《かく》せない。過去に遡《さかのぼ》って断罪されるに決まっている。私の作家生命が絶たれるくらいならまだしも、限界集落にとどめをさすことになりかねない。

「いえいえいえいえ、とんでもありません。言祝先生の全著作を一行あまさず読ませていただいたからこそ、わたくしはこうしてはるばる、執筆の妨げになることを恐れつつも、遠路はるばる馳せ参じさせていただいたのですよ。来ずにはいられなかったのです。電話やメールで済ませることなんてとてもできませんでした。あまり愛読者であることをアピールするのもプロとしてどうかと思って、はやる気持ちを全筋力で抑え、仕事モードに徹していたのですが、どうやら仕草がうまく行き過ぎてしまったようですね。本業もこの調子ならよいのですが」

気まずさに黙るどころか、逆に、もっと調子のいいことを言ってきたなとその論調に感心させしたが、

「先生のお書きになられるミステリーでは、殺されたと思われていた被害者が、実は自殺だったという解決編が明らかな有意差をもって多いですよね」

芯《しん》を喰《く》った感想を述べられ、私は固まってしまった。

「自殺トリックでないケースでも、名探偵に名指しされた真犯人が、法執行機関から逮捕される前に、あるいは逮捕された直後に、自ら命を絶つケースが大半です。自死に関する強いこだわり、あるいは哲学を感じざるを得ません」

単なるワンパターンのマンネリを、深読みしてくれてありがたい。なるほど、愛読者という感じだ。読みもせずに仕事の依頼に来たなんて言ってあらぬ疑いをかけてしまって申し訳なかった……、これは私のほうこそ、読みが浅かったと心からこうべを垂れるべきシーンだろう。大谷翔平《おおたにしょうへい》と大岡昇平《おおおかしょうへい》の区別もつかなそうと思ってしまって悪かった。

だが、だったら尚更《なおさら》というものだろう。

筆舌に尽くしがたい犯罪行為が描写された挙句、被害者も犯人も、場合によっては名探偵さえ自殺するような偏執的な小説と、この男は、どうコラボレーションするつもりなのだ？　本屋さんでさえ、他《ほか》の本と隔離されて、独自のコーナーを設けられて売られるような小説だぞ？　ネット書店ではレーティングやゾーニングの対象になりかけたこともあるくらいだ。

「どうもこうも、要望などあるはずがありませんよ。あるのは展望だけでございます。いわば達人であられる言祝先生に、わたくしのようなずぶの素人からのディレクションなど必要ないでしょう。先生はいつも通り、筆の赴くまま、才能の赴くままの小説を書いてくだされればよいのです。なんでしたら登場人物全員が、自殺しても構いません。むしろそれこそが当方の望むところなのです」

「登場人物全員が自殺って……、望まないでくださいよ、そんな小説を。さすがにそこまでのスラップスティックを書いたことはありません。何の望みもないじゃないですか。そんな猟奇的な犯罪小説の舞台にされて、どうやって限界集落を、観光名所に仕立てようって言うんですか」

「名所は名所でも、観光名所にするのではありません」

町おこしコンサルタント・生前没後郎は相変わらず、テープ糊で貼り付けたような笑みを浮かべたままで、しかし、強い口調できっぱりと言い切った。

「わたくしは安楽市を、自殺の名所にしたいのです」

2

「日本における年間の自殺者数は約二万人と言われています。自殺未遂者、自殺志願者の数を含めれば、この数字は十倍近くまで膨《ふく》れ上《あ》がることでしょう。潜在的には、ひょっとすると十倍以上かも……、それだけの人数が毎年、安楽市に押し寄せてくるのを想像してみてください、先生」

　地獄絵図だ。

　とんでもない危険人物を仕事場に上げてしまった……、本当の本当に、誰彼構わず会うものじゃないな。しかも、一対一で。知らない人と話しちゃいけませんという幼少期に受けた教えは正しかった、明日からは引きこもりになろう。私は人間に絶望した。すべての打ち合わせはリモートでおこなう。こいつが帰った瞬間にマネージャーを雇う。

　つまり私は死にたくなった。

「むろん、リピーターが望めないというデメリットはあります。なにせ、いらっしゃったお客様は、全員お亡くなりになるわけですからね。二度目の訪問はございません」

　プランの弱点を、公平に提示するような殊勝《しゅしょう》な態度の生前。正気じゃない人間が正気みたいな振る舞いを見せている。

　こういうのが一番怖い。

「しかし裏を返せば、だからこそ安楽市は実に日本的な、一期一会のおもてなしができると思うのです。セカンドチャンスがないからこそ、人は必死になれるのです」

　一期一会のおもてなし。

　必死という言葉も、こうなるといわくつきだ。

「将来的には海外からのインバウンドも貪欲《どんよく》に求めるつもりですし、その点はむしろ強く押し出していくべきでしょう。人生最後の旅路、その終着点。分《わ》け隔《へだ》てなく客死を提供いたします。

自殺未遂で苦しむことのない町、それが安楽市なのだと」

「……な、何が目的で、全国から自殺志願者を集めるんですか？」

奇をてらった作風のエログロ小説家として恥ずべきことに、すごく普通の質問をしてしまった。私はなんて浅いのだ。クリエイティビティの死だ。色んな分野の色んな人間に会っていると、ごくまれにあることだが、本物の奇人を目前にすると、己の並さを思い知るな。

私など変人の振りをしているだけだ。

「それは、こちらもボランティアではございませんからね。いらっしゃった皆様に、地域にお金を落としていただけることを強く期待しております。なにせ、宵越しの金どころではありませんから。貯蓄から投資へと言いますが、我々は投資よりも投身を推しましょう。三途《さんず》の川《かわ》の渡し賃を残して、すべての財産を安楽市で使い切ってもらおうというのは夢の見過ぎでしょうか」

悪夢のようなことを期待していやがる。

三途の川で言えば脱衣婆《だつえば》みたいだ……、自殺志願者の懐《ふところ》から金銭をせしめようとするなんて、詐欺師より酷《ひど》い発想である。

「既に自殺の名所となるべく、町の開発はめきめき進んでおります。ランドマークとなる飛び降り自殺用の建築物は既に完成しましたし、入水《じゅすい》自殺用の河川には、飛び降りやすい橋をかけております。これがなかなかの力作でして、梯子《はしご》のように足をかけやすい欄干をデザインしたのですよ。もちろん、足を滑《すべ》らせるような不幸な事故が起きないよう、滑り止めつきです。また、廃線となっていた鉄道駅を、飛び込み自殺用に再開発いたしました。当然ながらホームドアは設置しておりません。これは現時点では未着手のアイディア段階ですが、先生だけにこっそりお教えさせていただきますと、一家心中用に一軒家の貸し出しも計画中なのです。なにせ近々、ほとんどの物件が事故物件になるわけでございますからね、お安く提供できますよ。キャンプ場の練炭は、いささか素人には扱いが難しいところもありますが……、ああ、近年のエコ精神には反しますけれど、レンタカーは電気自動車ではなくガソリン車で統一する計画です。排気ガスが、どうしても必要になりますからね」

安楽市の地図に重ねる形で、手品のようにブリーフケースから、次々とプレゼン資料を取り出す生前。こちとら、字が書いてあれば何でも読みたい活字中毒だが、積み上がるこの資料だけには目を通したくない。

「海外のお客様向けには、なんとかハラキリの場を用意したいのですが、あれは介錯《かいしゃく》が必要になりますからね。ただ白州に茣蓙《ござ》を敷けばいいというものではありません……、厳密には切腹を、自殺と言っていいものかどうかは、専門家の間でも解釈の分かれるところです、介錯だけに。伝統文化は大切ですが、公的な自治体として、自殺幇助《ほうじょ》になってしまうとよくありません。あくまで、お客様の判断と責任で、自らことに及んでいただかないと——自分で決めておこなうからこそ、自決というのです」

一応、法に配慮しようとしているらしい感じが、本物の危険人物みたいで恐ろしい。聞く限り、自殺幇助どころか、もっと積極的で悪質なそれのようにも感じるが……、その点に関して無策ではないと、暗に匂わされたのかもしれない。臭いものに蓋《ふた》をするような対処法ではあるものの……。

いや、実際、己の命は己で判断する、尊厳死が合法である地域……、国家は存在するわけで、こちらが勝手に常識だと決めつけている良識では、口出ししづらい側面もある。極めてデリケートでとことんセンシティブな案件だ。自殺を不道徳だとか、罪だとか考えるのは、決して人類の共通認識ではない難しさがある……、ただ、生前はその難しさにつけ込んで、法と良識の隙間《すきま》で商売をしようとしているように感じる。隙間と言うか、抜け穴と言うか……。

とんだファーストペンギンだ。

またはパイロットフィッシュか。

「海外ではメジャーである拳銃《けんじゅう》自殺も、つまり日本国の一都市である安楽市では、法的に難しくなってしまいますが、しかしそこは、猟銃で十分、代わりになるはずです。安楽市の付近には生い茂った森林もございますからね、害獣駆除を装うことはたやすいと思われます。かように、一口に自殺と言ってもヴァリエーションに富むわけですが、いらっしゃった自殺志願者の皆様に選択肢を提示するために、人類の自殺史の変遷を追った、自殺博物館を建設するのもいいですね。いえ、自殺美術館でしょうか。誰もが知るような歴史的な偉人達の遺書を、複製ということにはなるでしょうが、額に入れて展示したいものです。……こんな風に口で言っても、わたくしの拙《つたな》い表現力では、この都市計画の魅力は伝わり切らないでしょうから、どうか先生に、じかに町の様子をご覧いただきたいのですよ。世界遺産こそありませんが、未来へ残すレガシーとなること間違いありません」

遺産……、自殺志願者の遺産。

レガシーとはよく言ったものだ。

「先生ほどのかたです、スケジュールの調整も簡単ではないでしょうし、引き受ける引き受けないはまた別の判断としても、きっと、創作意欲を喚起されること間違いありません。骨を埋めるなら安楽市と、思っていただけること請け合いです」

「……棺屋《ひつぎ》さんも、儲《もう》かりそうですね」

皮肉のつもりで、かろうじて私はそう言ったけれど、

「ええ。基幹産業となるでしょう」

と、生前は誇らしげに胸を張った。

「そして、このブランディングの一丁目一番地こそが、言祝先生の作品なのです。そういったわけでございましてね、今がまさに旬であり、どなたよりもノリに乗っていらっしゃる、押しも押されもせぬ万人の推し作家であられる言祝先生には是が非でも、何が何でも安楽市を舞台にしたミステリーを一本書いていただきたく、こうして遠路はるばる、馳せ参じさせていただいたのですよ」

最初の一文に戻った。

用意されたテンプレートみたいに。

まるで騙し絵のごとく、その依頼の印象は、まったく変わってしまっているけれど……、観光名所にするための小説ではなく、自殺の名所にするための小説。

だからこの私——言祝寿長に、コラボ小説を執筆させようと言うのか。登場人物に自殺ばかりさせている、異端の犯罪小説家だから。つまり、望まれているのは、ご当地小説や広報小説と言うよりも——

「……ウェルテル効果ですか」

「さすが先生。察しがいい。こちらの思惑など、すべてお見通しではありませんか。慧眼どころか千里眼です。わたくしが何を言うまでもありませんでしたね。ぺらぺらのアイディアをぺらぺらまくし立ててしまって、恥ずかしい限りです」

恥じるべきはそこではなかろうに。

しかし、だからこそ、映画でもドラマでもなく、小説なのか……、コスト削減のためじゃない。いやもちろんそれもあるのだろうけれど、それ以上に明確な動機があった。こんなことを得意げに語ると、まるで私が本当に自殺の専門家みたいになってしまうけれど、連鎖自殺とも言われるウェルテル効果の、原点は小説なのである。

原点ならぬ原典と言うべきか。

有名人が自ら命を絶つと、それに続く自殺者が大挙して現れてしまう現象……、そのネーミングは、ゲーテの著した小説『若きウェルテルの悩み』に由来する。

ゲーテ。

ヨハン・ヴォルフガング・フォン・ゲーテ。

巨匠も巨匠、あまりにも巨匠だ。

巨人と言っても過言ではない存在感である。

「ですので、先生にはいつも通りのお仕事をしていただければ。むしろそうでなければ困ります。全市民が路頭に迷ってしまいます。どうぞフラットな名作をお書きください。安楽市を舞台に、恒例の自殺小説を執筆していただければ、現代のゲーテの名を、ほしいままにできること請け合いですよ。先生は現時点で既にゲーテですが、これはそれを世に知らしめるチャンスなのです」

荷が重過ぎる。名も重過ぎる。

恒例の自殺小説って言うな――犯罪小説家も、決して名刺に書けるような肩書きではないけれど、自殺小説家なんて聞いたこともない。

もちろん、自殺の名所とパンフレットに、大々的に銘打つわけにもいくまいから、フィクションである小説、それもポップなミステリーという形で町の名を知らしめようという打算があることはわかりやすいが――

「……それにしても、どうして私なんですか？　生前さん。自殺を主題にした小説を書いている作家なら、他にも大勢いるでしょう。私に、その……、白羽の矢が立った理由を、お教え願えますか？」

「唯一無二だからですよ、言祝先生の作品が。大勢どころか無勢ですよ。わたくしの読んできた限り、先生ほど執拗《しつよう》に自殺を書いてこられた作家は他にいません」

誉《ほ》められているのか、貶《けな》されているのか微妙だが……、たとえこの仕事のために読んだのだとしても、生前が私の小説の読者であることに、偽りはないらしい。

そうか……、つまり……、その点は純然たる偶然なのか。怪しまれるのを承知でつい念を押してしまったが、生前は、『それ』を知って、依頼してきたわけじゃない。読まずに依頼して来たに違いないと、私が決めつけた根拠でもあったのだが……。

ならば……、これは運命か？

「……お引き受けしましょう」

「え？」

初めて、生前が意外そうな反応を見せた。

そりゃそうだろう。

まともな神経をしていたら、こんなとんでもない依頼、受諾するわけがない。さっさとこのコンサルタントを仕事場から追い出して、打ち水のように塩を撒《ま》くというのが、社会人として真っ当な振る舞いなんじゃないだろうか。塩を三角に積んでもいいくらいだ。

恐らく生前が綿密に組んでいたであろう、私を説得するためのこのあとのシステマティックな段取りをわずかなりとも崩せたのだとすれば、多少は胸のすく思いだった。だが、すっきりしている場合でもない。相手の意表を突けたこの隙に、すかさず話を進めなければ。

「細かい話を詰めるのは、実際に町の風景を見せていただいてからということにはなりますが、基本的には、この場で仮契約を結ばせていただきたいと思います。こんな話を、それこそ他の作家さんのところに持って行かれては困りますので。印鑑は必要ですか？」

まるで不動産の仮押さえみたいなことを言っているが、これはこれで本音だった。私も人のことは言えないけれど、まともな神経をしていない作家というのも、数が少ないわけじゃない……、若かったり、困窮していたりしたら、判断を誤って、このような奇抜な仕事を引き受けてしまわないとも限らない。

この依頼は私のところで止めなければ。

もっと言えば……、私が潰さなければならない。

ただ断るだけじゃ駄目だ。

「まさかコンペ形式だなんて言いませんよね、生前さん」

「ええ、それはもう。先生に書いていただけるのであれば、他の作家さんをあたる必要なんてございませんので……、いや、先生とこうも意気投合できるなんて、嬉《うれ》しい誤算でした。この素晴らしい理念をわかってもらえるはずと信じていましたが、わたくしの話のどこかに共鳴していただけたのだとすれば、こんな幸せなことはありません」

意気投合なんてしていないが、そう誤算してくれるのであれば、こちらも嬉しい限りだ。

「では、早速向かいましょうか。安楽市に」

腕時計の画面を見て、生前はテーブルの上を片付けにかかった。早くも調子を取り戻したかのような、てきぱきとした動作である。

「え……、今、からですか？」

今度はこっちがあっけにとられる番だった。

「ええ。善は急げと申します。先生のお気が変わらないうちに、安楽市をすみずみまでご案内させていただきます。もしかしたら先生も、死にたくなってしまうかもしれませんよ？」

話が思いのほかあっさりまとまったことで気が緩《ゆる》み、生前は冗談のノリそう言ったのだろうが、しかし、死にたくなら、もうなっている。最初に話を聞いた時点から……。

あるいは、それ以前から。

自殺ばかり書いてきたのは、自殺に強いこだわりがあるからではなく、私の心の弱さの表れだと、自己分析している。犯罪小説を書いておきながら、どこか『いい人』『いい作者』であろうとして、『殺人なんて実はなかった』系のオチで、犯人、ひいては悪人が不在の平和な世界を書こうとしていたのでは？　しかし、悪人がいなくても、世が自殺志願者で溢《あふ》れていたら、それのどこが平和な世界なんだと言いたくもなる。犯人が悔《く》い改《あらた》めて、あるいは追い詰められて自ら命を絶つ姿を、私はどこかで格好良く描写していなかったか？　自決をスタイリッシュに表現するなんて、それこそ、ハラキリの精神じゃないか。

ウェルテル効果。

その言葉もあまり過大評価すると、少年少女が非行に走ったとき、漫画やゲームの影響だと断じるのと同じだが——実際のところ、文章である小説が映画やアニメよりも強い力を持っていると言うより、その時代には娯楽が他にあんまりなかったという話だろう——、しかし一方で、たとえどんな小説でも、長く読まれていれば、ひとりかふたりくらいは、殺してしまっているんじゃないだろうか？　とも思う。いや、間接的に、そして累計でという意味だが……、死について描写しておきながら、あるいは生について描写しておきながら、死について考えるなと言うのは不誠実だ。

幼心を夢中にさせる小説があったから、明日も生きていこうと思えた私のような人間がいるのは間違いないけれど、だが小説が人を救うと言うなら、小説で人を救えなかったときは、それは見殺しにしたも同然なのでは？　小説家の実力不足で、救えなかった命が歴史上どれだけある？

生きろと言われて、死にたくなることもあるだろう。

極論、生前に促されるまでもなく、私の小説を読んだせいで、自殺した人間がいないとは限らない……、とは言え、勘違いしないでほしい。だからと言って、その贖罪《しょくざい》のために、生前のコンサルティングを木っ端微塵《こっぱみじん》にしなければならないと、決意したわけじゃない。

私はそんな正義の味方ではないし、正義の味方にはなれない。では、なぜ取材旅行に向かうのか？

違う、向かうのではなく帰るのである。

少なくとも、決して少なくない私の著作をすべて読むような、入念な下調べをしてきたらしい生前のリサーチからは、どうやら漏れてしまっているようだが——非公開にしているのだから当たり前だが——物語の舞台となる安楽市は、何を隠そう、私の故郷なのだ。

故郷。

二度とその地の土を踏むことはないはずだったので、まさかこんな形で里帰りすることになるとは思わなかったけれど、たとえ捨てたふるさとでも、自殺の名所にされてたまるか。

自殺行為な町おこしを、私が永眠させる。

第二冊　ワインディングロードをなだらかに

1

　弩級《どきゅう》に怪しげな町おこしコンサルタント・生前没後郎が、観光名所ならぬ自殺の名所として再興を目論《もくろ》む安楽市は、三つの県の境にまたがるような位置にあり、かつて栄えていた頃は、どの県に属すかで血みどろの取り合いになっていたほどだったと記憶している。昔の記憶は美化されるものだけれど、しかし少なくとも現在のように、三県の間で、血みどろの押し付け合いになるような、お荷物の自治体でなかったことだけは確かだ。日本有数の工業都市——のべッドタウンは伊達《だて》ではなく、面積に比して、かなりの税収があったはずである。

　なにせ、小さいながらも飛行場があったほどなのだから……、しかしそれも今となっては過去の栄光である。空路どころか、スマートフォンで最短経路を検索してみたところ、東京から、どんな公共交通機関をどうこねくり回してみたところで、途中で一泊しなければ辿《たど》り着《つ》けない遠方の目的地と化していた。

時空でも歪んだのか。

トレインミステリーの舞台にはできない。

生前が私の職場まで、豪勢なキャンピングカーでやって来た理由は、コンサルタントとしてはったりを利かせるためのマウンティングではなく、実際的な理由があったらしい……、もっとも、だからと言って彼の運転で二十年ぶりの里帰りをするなんてまっぴら御免だった。

個人的に、素人の運転する自動車には乗らないと決めているというのもあるけれど、一応、小説家だって社会人であり、それなりに予定というものがある。今日これからお出かけしましょうと言われて、はい参りますと言えるほど、自由な職業ではない。

スピーディーなお誘いはドラマティックだったが、そこはお断りした。

盛り上がりに欠けて申しわけない。

もっとも、その程度の事情は、向こうだって承知の上でのお誘いだっただろう……、スケジュールの調整を気遣《きづか》う発言もあったし、あれはその場で依頼を引き受けてみせた私に対する、意趣返しだったに違いない。

主導権の握り合いはもう始まっている。

私に有利な点があるとすれば、生前が私を、安楽市の出身者だと知らないという点だ。しかし依頼内容を聞いてしまえば、もしもそれを知っていたら、私にこの話を持っては来なかったんじゃないかとも思えてくる。たとえ私がどれほどの自殺小説の書き手であろうともだ……、普通、町おこしのために小説を書くとなれば、出身者、または地縁のある作家に依頼しようと考えるだろうが、この場合はまるで逆である。

当該地域に愛着がなければないほうが望ましい……、私は故郷を捨てた人間であり、だから愛着があるとは言いがたいが、しかしそんな私でも、自殺の名所に仕立て上げられると知ってしまえば、さすがに黙っていられなくなるのだから。

生前にしてみればとんだ不運だろうが、恨むなら作家・言祝寿長を東京出身だと紹介しているネット記事を恨め。

なのでこの利点を失ってはならない。

所用を済ませた私は、これから所要二日で安楽市に、新幹線と鈍行と深夜バスとロープウェイとフェリーとレンタサイクルを乗り継いだ最短経路で向かうのだけれど、到着したからと言って、現地で昔の友達と会ったりしてはならないということである。あくまで『観光客』を装わなくてはならないのだ。

幸い、これはそう難しい課題じゃなかった。

私に昔の友達はいない。

2

「ようこそおいでくださいました、言祝先生。心より歓迎いたします。この通り、準備を整えてお待ちしておりました。どうぞこの未来都市を、隅《すみ》から隅までずずいっとご堪能《たんのう》していってくださいませ」

リオまで続いているんじゃないかと思わせるような長いトンネルを抜けると、約束通り、生前没後郎が出迎えてくれた。道中の疲労が吹っ飛ぶような、胡散臭《うさんくさ》い笑顔だ。目元や口元といったパーツパーツは笑っているのに、全体で見ればまったく笑っているように見えない、騙し絵のようなスマイルである。

私は最寄り駅で借りてきた自転車から降りる。失礼、『最寄り駅』と言うのは、虚偽に当たる表示だったかもしれない。正確には、『一番遠くない駅』と言うべきだろう――マウンテンバイクを漕《こ》いできたトンネルも、車道のそれではなく、私が知っていた頃には線路が通っていたものだ。『スタンド・バイ・ミー』ごっこがしたいなあという、現代ではコンプライアンス上絶対不可能な子供の頃の夢が、まさかこんな形で叶《かな》うとは思わなかった……、ちなみに本来あった車道のほうは、何年か前に起きた土砂崩れで埋もれて、そのままほったらかしにされているそうである。

早くも思っていた以上の惨状だ。

こんなわけのわからん男に懐かしの故郷を滅茶苦茶《めちゃくちゃ》にされる前に私がなんとかしなければと、らしくもなく使命感にかられてしまったけれど、正直なところ、もうとっくに手遅れかもしれない。

作家としては、トンネルを抜ければそこは雪国だったと言いたいところだが、残念ながらここは亡国だった。

なまじ田園風景ではなく、昔はいっぱしの都市だっただけに、ゴーストタウン感が半端《はんぱ》じゃない……、見れば屋外なのに、道に埃《ほこり》が積もっていた。風も通り過ぎないような寂《さび》れ具合である。

そんな道の傍《かたわ》らに、場違いなほど真新しいぴかぴかの立て看板が、かつて電柱だったと思われる細長い物体にくくりつけられていた。

手書きでこう書かれている。

『ウェルテルタウンにウェルカム』

「……これは？」

「お気づきですか。さすが言祝先生、目端《めはし》が利くこと、パイロットのごとしですな。もしかして『トップガン』に出られてましたか？　本当はもう少し秘めておきたいサプライズだったのですが、先生に隠しごとはできませんね」

私が指さすと、生前が嬉しそうに反応した。触れざるを得ないような位置にこれ見よがしに設置しておいて、よく言うよ。

「先生が取材にいらしてくださるということで、急遽《きゅうきょ》準備いたしました、ウェルカムボードでございます。さしあたり自殺志願者の皆さんには、このトンネルから安楽市にいらしていただくことになりますから、まずは歓待の意を示そうと、はばかりながらこのわたくしが、町のキャッチフレーズを考えさせていただきました」

町のキャッチフレーズ……、北海道《ほっかいどう》の『試される大地』とか、三重県の『実はそれ、ぜんぶ三重なんです！』とか、そういうあれか。なるほど、これはまずい。皮肉にも私が仕事を仮契約してしまったせいで、生前のプロジェクトが本格的に動き出してしまっている。

いや、この男のことだ、そういう既成事実を作って、私の仮契約を強引に本契約に持っていこうとしているのかもしれない……、外堀から埋め立てようとは、油断ならないコンサルタントである。

畜生、ウェルテルタウンか。

一文字も存在しない、これからも存在することもない私の小説を前提にネーミングしやがって。

「……地元の中学校の美術部員が作ってくれたんですか？　そんな感じのレタリングですが」

「いえいえ、とんでもないことでございます。これは不肖、かつて画家を志していたわたくしの手作りでして」

と、別に誉めたつもりはなかったが、生前は照れるように言った。画家を志していたとか、嘘っぽい情報だな。

「ちなみに、現在、安楽市に中学校はございません。小学校、中学校、高校。すべてここ数年の間に廃校になりました」

あっそう。

だと思っていましたよ。

私がこの町で暮らしていたのは、中学の途中までなのだが、これで当時の担任教師だったりの学校関係者と道でばったり出会ってハプニング、みたいなどたばたの展開はなくなったわけだ……、書いている小説の内容からして全人類がお察しの通り、私は楽しい学校生活を送っていたタイプのティーンエージャーじゃなかったけれど、それでも母校が消滅していると聞くと、結構嫌な気分になるな。

なぜか自己肯定感が下がる。

せめて故郷そのものが消滅しないよう、力を尽くさないと……、もう半死半生みたいな状態ではあるが……。

延命措置……。

「じゃあ、もうこの町には、子供はひとりもいないっていうことなんですかね？」

「そうですね。どうやら子育て世帯向けの政策もまったくないようでしたから、子持ちの家庭は、軒並み引っ越されてしまったようです。子育てが難しいのは、安楽市に限った話ではありませんが」

残念そうに言う生前。日本の育児事情を、本気で憂《うれ》えているように見える……、まあ、うん、角度によっては。

「しかし我がＲＩＰ《リップ》サービスプロジェクトでは、フリースクールの開校も計画されておりますのでね。近い将来、子供達が帰ってくること請け合いです。鮭の遡上のようにね。先生の執筆される玉稿が、いい入学案内書となるでしょう」

「はあ……、ん？」

ＲＩＰサービスというろくでもないプロジェクト名までついてしまっていることはさておき、様々な事情があって学校に通えない子供達を、他でもない自殺の名所に招こうとしているのか、この男は？

私の小説を利用して？

この深みには更に底があるのかと、改めて全身が総毛立つ。

子供がひとりもいないんじゃ、そもそもこの町に未来はないなんて思いかけていたけれど、せめて地獄絵図のような未来予想図を回避、いや忌避するためにも、私は叩き潰さなければならない。

ＲＩＰサービスを。

そしてウェルテルタウンを。

3

「公共交通機関は軒並み廃止になってしまいましたが、本格的にウェルテルタウンを始動させる暁には、トンネルの出口にバス停を設置し、コミュニティバスを走らせる計画になっております。市内のあちこちに設置された自殺スポットを、徒歩で巡るのは大変ですからね。もっとも、安楽市の面積は、バチカン市国とモナコ公国のちょうど中間くらいですので、歩こうと思えば歩けなくはないのですが」

もちろんレンタサイクルも貸し出しましょう、と、自前だというロードレーサーで私のマウンテンバイクと併走しながら、背広姿にヘルメットをかぶった生前は言う――自転車で向かうことはあらかじめ告げていたが、それに合わせて自分も自転車で迎えに来るあたり、おもてなしに如才のないコンサルタントだ。

おもてなしと言うか、お見送りと言うか。

強《し》いて言えばお迎えか。

「自殺スポット……、ですか」

「ええ。ありとあらゆる自殺施設を用意してこそのウェルテルタウンですからね。招いておいて勝手に死んでくださいでは、事業として成り立ちません。不親切極まりないでしょう。もっとも、いくら自殺スポットを創設しても、それでも足りないと仰るかたも、いないとは限りませんね」

自信満々のプレゼンが売りの生前が、珍しく歯切れの悪いことを言う……、自転車を漕ぎながらだからだろうか？

飛び降り用の施設とか、入水用の川だとか、あとはキャンプ場の練炭とかレンタカーのガソリン車とか、東京でもいろいろ言ってはいたけれど……、それでも、自殺の手段をひとつの町でコンプリートするなんて、そう簡単なことではないようだ。

「ええ。しかし、一生に一度の体験ですからね。悔いの残らないよう、ベストな選択肢を、我々としても可能な限り提示したいのです。先生にもこの点、是非、協力していただきたく」

「ははは……、さあて、私などに何ができますやら」

鷹揚な振りをして笑って誤魔化しながら、まずは市の中心部に向かう。もしも現在の安楽市に、中心部なんてものがあればだが……、やれやれ、バチカン市国とモナコ公国のちょうど中間とは、落ちぶれた限界集落を随分よく言ったものである。リヒテンシュタイン公国と比べれば、スケール感はどうなのだろう？

元地元民に言わせればまったく計算が合わないイントロダクションだが、元地元民であることはひた隠しにせねばならないとして……。まあ、例によっての弁舌で、町おこしコンサルタントが適当に言っただけのイメージ戦略に違いない。

今走っているのは、さすがに線路ではなく道路なのだけれど、しかしこんなワインディングロードは山の獣道にだってないんじゃないかというくらい、アスファルトがうねっていた。各所がひび割れて、雑草と言うには立派過ぎる草木が、にょきにょきとたくましく生《は》えている。私はマウンテンバイクだからまだしも、ロードレーサーで、しかも背広に革靴でこの事実上のオフロードを走る生前は、ただものではない。

「本格的に町の様子をご覧いただくのは明日以降にいたしまして、まずは宿泊施設にご案内いたします。温泉――はございませんが、お風呂《ふろ》はありますので、ごゆっくり疲れを癒《いや》してくださいませ」

最終的に仕事を破談にする心づもりなので、できる限りこのコンサルタントには借りを作りたくない。なのでここまでの交通費は全額自分で負担したけれど、宿泊に関しては遺憾ながら、生前に任せていた。

いくらネットの口コミサイトを検索しても、『安楽市　ホテル』では、一件もヒットしなかったのだ。元々ベッドタウンで、観光客が滞在するような都市ではなかったけれど、それでも二十年前には出張者向けに、ビジネスホテルの一軒や二軒はあったはずなのに……。

外部から人が来ることをまったく想定できなくなったのか……、そんな町を名所にしようとは、つくづく無謀なプロジェクトである。

「まだ本格的な営業前ではありますが、先生のために一番おすすめの保養所をご用意させていただきました。文豪は昔から、旅館で名作を書くものだと相場が決まっておりますから、そこをこの生前は、おろそかにはいたしません」

揉《も》み手《で》をしつつ、そう言ってくる生前。ロードレーサーの手放し運転である。対向車も後続車もない、カルガモの親子すら通らない道路なので、危険運転にはあたらないけれど……、お願いだからそのまますっ転んで、命に別状がない程度の骨折をしてくれないだろうか。

「旅館があるんですか？」

ネットの検索では出てこない隠れ家だろうか。

「はい。その名も『民宿ピラミッド』です」

「民宿じゃないですか」

ピラミッドとは大きく出たものだが、突き詰めれば、お墓という意味合いだろう……、間違っても、ラスベガスにあるホテルみたいなのを期待してはならない。

二十年前には絶対になかった施設だ。

とことん、町全体で自殺をプロデュースする方向性を感じる。

ただ、これは好都合でもあった。生前が紹介してくれる宿なのだから、当然そうだろうとは思っていたけれど、彼の言うＲＩＰサービスに協賛している施設ならば、詳しいお話をうかがうこともできそうだ。

この調子よくも調子っぱずれな男以外の情報源から、プロジェクトの詳細を聞いてみたい……、小説の取材だと言えば、口を滑らせてくれるだろう。そもそも、こんな不謹慎極まる暗黒の町おこしに、協賛する施設があるというのが驚きだ……、そこまで限界なのだろうか、この限界集落は。

「申し訳ありませんが、明日のスケジュールは、少しばかりハードになります。言祝先生にはですね、自殺志願者の道程を仮想体験していただこうと愚考しておりまして」

愚考と言って、本当に愚考している人間を初めて見た。普通は謙遜《けんそん》で使う言葉だと愚考していたが、そうでもないらしい。

仮想体験だと？

「それは、ＶＲとか、そういう……？」

「いえいえ、残念ながら安楽市は、スマートシティではございませんので、そのような最新機種は手に入りません」

そりゃあそうだろう。

電気が通っているかどうかも疑問だ。

「リアルな仮想体験です」

と、生前はおかしな表現を、真面目《まじめ》ぶって言った。

「先生は、小説家としてではなく、自殺志願者としてこの町を訪れたとお考えください」

すごく丁寧に、すごく嫌なことを言われた。

死にたくなる。

「自殺志願者の目で、このプロジェクトを包摂的にご覧いただきたいのです。先生の脱稿を待って、初めて完成と言えるＲＩＰサービスではございますが、八割がた、巡っていただける自殺スポットはできあがっておりますので。いわば映画の試写会のようなものです」

聖地巡礼……、どうやら、市内に設置された自殺スポットとやらを、順番に巡れと言っているらしい……、自殺志願者になったつもりで。

試写会どころか、死の社会じゃないか。

……そんなにうまいこと言えなかったが、このディスカッションで本調子は出せない。

「自殺小説の大家である言祝先生に、ここでなら死んでもいいと思っていただけるような作りになっているかどうか、しかと確かめたいという気持ちもありますので。また、そうでなければ、この町を舞台にした小説を、先生に書いていただくことなど、できるわけもない夢物語です」

調子のいいことを言ってるな。

悪夢の物語ではあるが……、自殺志願者になったつもりで自殺スポットを順番に取材してほしいなんて観光コース、普通ならばまっぴら御免と突っぱねるべきシーンだし、なんならここでマウンテンバイクをUターンさせてもいいくらいだったが、しかし私はすんでのところで思いとどまった。

自殺小説の大家として、人工的に作られた自殺スポットがどんなものなのか、見てみたいという気持ちが抑えられなかったから、ではない。そりゃあ作家として一般的な知的好奇心を秘めていることくらいは否定しないけれど、自殺小説の大家なんてレッテルを貼られたら、現代の出版界では、廃業待ったなしだ。

遺書を書くようなものである。

そうではなく、単なる取材以上に、私が審査員という立場で、ウェルテルタウンの仮オープンを見て回れるのだとしたら、このふざけた企画を完膚《かんぷ》なきまでに叩き潰して永眠させるという目的は、かなり果たしやすくなるんじゃないか？

と、そう閃《ひらめ》いたのである。

簡単にぶち壊しにできる。

こんなんじゃぜんぜん死ぬ気にならない、あなたは自殺志願者の気持ちがまったくわかっちゃいない、こんなところで死ぬくらいだったら死んだほうがマシだと、自殺小説家の目線で批判的に低得点をつけ続ければ、いかに熟練の町おこしコンサルタントと言えど、企画を一から立て直すしかなかろう。

「わかりました、生前さん。それでいきましょう。芥川龍之介《あくたがわりゅうのすけ》や太宰治《だざいおさむ》になったつもりで、この町を見させていただきますよ」

「またまた。言祝先生は最初から、芥川であり太宰ではありませんか。わたくしなんてついこの間まで、『たったひとつの冴えたやりかた』を執筆されたのは、言祝先生だと思っていたくらいですよ」

SFファンから、自殺することも許されずに殺されかねないおべんちゃらを聞かなかったことにしつつ、しかし私は、明日からの行程に光明を見出《みいだ》す一方で、一抹の不安を覚えてもいた。

名だたる文豪と自分を並べて語るつもりなんてこれっぽっちもないけれど、それでも、この不気味なコンサルタントが用意した複数の自殺スポットをすべて回って……、本当に心から、死にたくなってしまったらどうしよう？　と。

4

子供どころか大人の市民さえいないんじゃないかと思うほど、見事に誰ともすれ違うこともないまま、私と生前は、民宿ピラミッドへと、悲しいかな、転倒事故を起こすことなく到着した。

先程、旅館じゃなくて民宿じゃないかと突っ込んだものの、いざ到着してみると、民宿という名称でさえ羊頭狗肉《ようとうくにく》だった。

これは一時期ブームだった民泊では？　と思うほど、そこは見事に民家だった。もっと正直に言うと空き家のようでもあり、更に言うなら廃屋のようでさえあったが、しかしこのウェルテルタウンでそんなことを、いつまでも言い続けていたら自殺する前に寿命を迎えてしまう。

野宿が嫌なら、ここに泊まるしかないのだ。

従業員にお話をうかがいたいと思っていたけれど、その従業員がいるかどうかも怪しい、この民宿に……、野宿のほうがマシかもしれない。

強盗が出るとは思えないし。

いや、しかし、自然に返ろうとしている道路状況を見ると、野犬くらいは現れかねない。自殺なんて（今のところ）したくないが、かと言って、犬に食われて死ぬのも御免だ。

「それでは、わたくしはここで失礼いたします、言祝先生。慌ただしくて申し訳ありませんが、これから市庁舎に向かわねばなりませんので……、明朝九時にお迎えにあがりますから、よろしくお願いします」

「あ、はい……、市庁舎、あるんですね」

「そりゃありますよ。市ですから」

当たり前みたいに言われたが、こんなコンサルタントにいいようにされている時点で、もう自治体として機能しているとは思えないのだ。

「だとすれば、市長にインタビューする、みたいなことも……、可能でしょうか？」

おずおずと聞いてみた。

インタビューと言うか、問いただしたい。どういうつもりで安楽市を、自殺の名所にしようなんて案にゴーサインを出したのか。どういう会議を経ての結論なのか、議事録を見せていただきたい。

「ご希望とあれば手配したいところですが、難しいと思います。と言いますのも、現在多花井《たかい》市長は、安楽市を離れておりますので」

「は？」

「公務もオンラインでおこなえる時代ですから。むしろここの市庁舎のほうが、外部とのやり取りに支障をきたす孤立状態にあるということで、近隣市の公共施設に、市長は長期出張をし続けています」

逃げてんじゃねえか、トップが。

沈む船から真っ先に避難する船長か……、そりゃあ寂れるわ、町も。

とは言え、責める資格は私にはない。私はここの市民じゃないのだから。選挙権もない……、どころか、町を捨てたという意味じゃ、その市長よりもはるか昔に逃げだしている。近隣市どころじゃない、東京にだ。

あれは上京ではなく逃亡だった。

もっとも、逃げていなければ、小説家・言祝寿長はいなかったわけで、こうして帰郷することもなかったのだ……、つくづく運命じみている。馬鹿馬鹿しいほどに。

ともあれ、市政は現在、リモートでコントロールされているというわけだ……、あるいは、外部のコンサルタントにコントロールされているのか。ダメージコントロールで犠牲にされている感もあるが、考えてみれば、この男が市長不在の市庁舎で、どんな仕事をおこなっているのかは気がかりである。

「じゃあ……、オンライン取材でもいいので、ダメ元で当たってみていただけますか」

それこそダメ元で食い下がってみると、生前はいかにもわざとらしく腕組みをして、わざとらしく「うーん！」と唸《うな》ったのち、

「わかりました、先生がどうしてもと仰るのであれば、この生前が身命を賭《と》してなんとかいたしましょう！　さすがに明日というわけには参りませんが、市長にどこかで時間を作っていただきます！」

と、わざとらしく請け合った。

市長のスケジュールを独断で、腕組みをして唸った程度で請け合われてしまうのも怖いが

……、まあ、ここはよしとしよう。

その薄っぺらい調子のよさに感謝する。

「それでは本日は失礼いたします！　いやー、楽しみだ、明日、言祝先生を、町の自慢の自殺スポットにご案内できるのが！　いったい先生はどこで死にたがるんでしょうな⁉」

危険な希望を独り言《ひとりごと》のように口遊《くちずさ》みながら、盛り上がって来たとでも言うように、生前は潑剌《はつらつ》とロードレーサーに跨《また》がって、民宿ピラミッド前から去って行った……、一緒にいるだけでこちらの生命力を消耗させられるようなバイタリティあふれる男だが、しかしこうして取り残されてみると、途端に心細くもなる。

無人駅のホームに間違って下車してしまったみたいな気分だ……、ホームと言うなら、この安楽市は間違いなく私のホームであるはずなのに、完全なるアウェイ感である。

ついつい、小さくなっていく彼の姿を、目で追ってしまう。

と、その先に、塔のような建造物が見えた。

ん？　塔だって？

遠目には、東京タワーみたいに見えるが……、たとえ天体望遠鏡を使っても、東京タワーがここから見えるわけがない。かと言って、私が住んでいた時分には、あんな目立つ建物は絶対になかった。

ははあ、つまりあれが、新しく建てたという『投身自殺用の建造物』か……、ウェルテルタウンの誇る自殺スポットのひとつ、さしずめ安楽タワーと言ったところだろうか？　そんなことを考えているうちに、自転車に乗った生前の姿は見えなくなってしまった。人はいないが元都会、建物だけは無闇《むやみ》に多いので、この町は死角だらけだし、見晴らしも悪い。

野犬を恐れるなら、さっさとチェックインしたほうがよさそうだ。私は民宿ピラミッドのインターホンを押した。正直、まったく期待してはいなかったけれど、

「はーい、どなたでーすか？」

という、なんだか間延びした返事があったので驚いた。

いや、返事があったことにも驚いたのだけれど、もっと驚いたのが、その声が存外若かったことだ。古いスピーカーから発せられる音声はかなり割れていたが、それでも、私より年下の女性であることは判別できる。いや、こんなゴーストタウンだからと言って、怪談に出てくるような老婆の登場を覚悟していたわけでもないのだけれど……。

「あの、本日から三泊、お願いした言祝といいます。生前さんの紹介で……」

もしかすると、住所を間違ったんじゃないかと危惧しつつ、私はマイクにそう話す。本当にただの民家なのでは？　完全に民泊スタイルと言うか、表札こそかかっていても、看板が出ているわけでもないし……、そう思って視線を左右に動かし、向こう三軒両隣を確認してみたけれど、どうやら周辺の家はすべて、ガチの廃屋っぽかった。民宿が経営されているとしたら、この——表札によれば——喪中《もなか》家しかない。

「あー、はいはーい、うかがってまーす。どうぞ、おあがりくださーい。鍵《かぎ》はかかってませんのでー」

あってはならない防犯意識の欠如だ。

牧歌的な地方なら普通のことなのかもしれないけれど、少なくとも私が現役の住人だった頃

でも、ワンドアッツーロックは普及していたし、いいとこの家なら警備会社と契約していた。いいとこの家……。

もしかすると、当時に比べて平和になったとも言えるのか？　盗《と》るものがないほど廃《すた》れたことや、泥棒がいないほど人口が減ったことを、平和になったと言っていいのであれば……、変わり果てた故郷を、またひとつ違う形で体感しながら、私は軋《きし》む門扉を開けて、アプローチを歩んで玄関に手をかける。

本当に無施錠だった。

ウェルテルタウンにウェルカム。

5

「いらっしゃいまーせ、言祝さま！　ようこそ民宿ピラミッドへ！　わたし、支配人の喪中ミーラでーす！」

民宿でも支配人と言うのか？　という問題はさておこう。声から想像していた以上の若者が登場したことも、棚上げにしておいていい。ただ、私も高級旅館に来たつもりでもあるまいし、恭《うやうや》しく出迎えてほしかったわけじゃあないけれど、まさか割烹着《かっぽうぎ》の女子に横ピースで出迎えられるとは思わなかった。

ウェルテルタウンとしては効果的である。

死にたくなったのだから。

「ささ、靴はそのまま脱ぎっぱなしにしておいていただいて結構ですので、こちらにご記帳をお願いしまーす！」

民宿の支配人（？）と言うより、ペンションバイトの大学生みたいなノリで、喪中は万年筆と、バインダーに挟まれた用紙を差し出してきた。また、それと入れ違いに、

「お荷物運ばせていただきまーす！」

と、私のボストンバッグをスムーズにひったくる。あけっぴろげな態度には今ひとつ疑問が残るが、仕事そのものはてきぱきと進めてくれる。決して軽くはない鞄《かばん》を女性に持たせるのは気が進まなかったけれど、鞄を奪われたからと言って、仕事を奪うのもまずかろう。

ここはさっさと記帳するのが吉……、ん？

「？　どうされましたー？　わからないところ、ありますかー？」

「あ、いえ……」

これでも取材やら何やらで、全国各地、世界各国のホテルを泊まり歩いてきた身だ。記帳に際し、たとえ未知の言語で書かれていたとしても、わからない箇所はない。どこに何を書けばいいのかはなんとなくわかる。ただ、意味不明な箇所はあった……、名前、住所、生年月日、電話番号、職業、Ｅメールアドレス。ここらへんはいい。問題はその下にあるチェックボックスだった。
1、私は脳死後、移植のために臓器を提供します。
2、私は心停止後、移植のために臓器を提供します。

3、私は臓器を提供しません。
（1、2を選んだかたで提供したくない臓器があれば×をつけてください。心臓、肺、肝臓、腎臓《じんぞう》、膵臓《すいぞう》、小腸、眼球）

「これ……、ドナーカードですか？」

「あ、そこの記入はご自由ですよー。個人の意思は尊重しなくちゃいけませんからねー」

あっけらかんと、喪中は言う。生前の不気味な人造笑顔と比べればその裏表のなさそうな明るさは客商売向きだけれど、しかし言っていることは説明になっていない。生前と違って説明が下手だ。

なぜ宿帳に臓器提供の意思確認欄がある？

……なぜもへったくれもないか。ここまで来ておいて、無垢な善人の振りをしても仕方がない、私は自殺小説の大家として招かれているのだから。述べるべきは専門家としての見解である。

要はこれもRIPサービスの一環なのだ。

現在、安楽市で稼働している唯一の宿泊施設であろう民宿ピラミッドには、基本的には、死ぬために泊まりに来る客しか想定されていない以上、むしろこうして、臓器提供の意思確認をおこなうのは、社会貢献的であるとも言える。

正直に言って、自殺者の臓器が、死後に移植されるというイメージはないが……、これは私の想像力が貧困なだけか？　また、死を望みはしても、せめて臓器だけは生かそうと考える自殺志願者がいてもおかしくはないわけだ。

「……臓器の摘出をおこなえるような病院が、ここにあるんですか？」

焦点はそこではないし、訊《き》いても答えてもらえるとは思えない、まるで独白のような質問になってしまったけれど、若くして『ホテルマンにノーはない』の姿勢を地でいっているのか、喪中は、

「ありますよー。驚くなかれ、この安楽市では学費と医療費はタダなんでーす」

と、はきはき答えた。

はきはき過ぎてマニュアルっぽくもあるけれど……、学費がタダって。公立だろうと私立だろうと、学校がないんでしょ？　ただ、ウェルテルタウンの性質上、病院はなくてはならないものだろう。たとえどのような方法で自殺したとしても、法律上、医者の書く死亡診断書は絶対に必要なのだから。

そうだな。

となると、逃亡市長へのインタビューもさることながら、地域医療のありかたも、調査対象にしたほうがよさそうだ……、三泊四日の行程で、回り切れるか微妙になってきた。

いざとなれば滞在期間を延ばせばいいのだろうけれど、たとえ居心地の悪いふるさとでなくとも、こんな町には、一日だって長居したくない……、なんとか足かけ四日の範囲で収めたい。欲を言えば早上がりしたいくらいなのだ。

とりあえず私は1と2に丸をつけておいた。どうせ財布の中のドナーカードには、そう記入してあるのだし……、郷に入って郷に従うには業の深い町だが、取材者として、歩み寄りの姿勢は見せておいたほうがよかろう。

「ありがとうございまーす！　わあ、ご立派ご立派！　あ、お客様、小説家の先生なんですねー。すごーい、わたし、小説家って初めて見ました！」

絶滅危惧種みたいに言われても。

生前の紹介ではあるが、私の職業までは聞いていなかったようで、喪中は記帳した用紙を珍しげに眺《なが》めている……、ノーと言わないホテルマンが、オーノーと言わんばかりだ。お客さんのプロフィールにそんな感情をあらわにしちゃ駄目だろうに。

もしかすると、町おこしの小説を私に書かせるというプランは、まだ秘中の秘なのかもしれない。

うーん。

地元と言っても、あくまで中学生の頃までの地元なので、私の行動範囲は知れていて、この辺りはまったくテリトリーではなかった。ゆえに、この支配人が地元民なのか、それとも生前同様の、外部からの雇われなのか、いまいち判断できない。

年齢的には、私がこの町を出た二十年前には、せいぜい三歳かそこらだったと思われるので、仮に地元民だとしても、道ですれ違ってさえいないだろうが……。

「…………」

いいや、訊いちゃえ。

臓器提供の意思みたいなプライベートなことまで示したのに、よそよそしくしている場合じゃないだろう。空気の読めない、図々《ずうずう》しい取材者であることを心掛けよう。ガンガン質問を投げかけるのだ。

「喪中さんは、いつからこの民宿を経営されているんですか？　もしかして、僕が初めてのお客さんだったりします？」

「え？　やだ、わたし、そんなに初々しいですかあ？」

初々しいとは言っていない。

初心者と言うつもりもないが。

「でも、言祝さまが初めてではありませんよー。残念でしたー。確かにまだプレオープンみたいなものなんですけれどねー。わたしも、ここに移住してきて間もないですしー」

そこまでかまをかけたつもりもなかったけれど、喪中はあっさり自供してくれた。推理小説では、こうも簡単に証言は取れない……、あまり難しく考え過ぎるのもよくないな。

ウェルテル効果の中軸と言うべき小説を、私という『部外者』に書かせるように、やはり自殺志願者の滞在施設の運営は、現地の住民ではなく、外部の人間に任せるというのが生前のやりかたのようだ。

ただし、移住ということは、私が想定したような、まるで外部の人間というわけじゃないのか。

内部に取り込まれている『余所様《よそさま》』だ。

人口減少を防ぐため、または労働力を確保するために、移住者を募集するというのは地域活性化の方法としては王道だが……、表札も出していたし、この地に根付こうという姿勢は感じる。

初々しいかどうかはともかく、どこか過度にはりきっているように思えたのは、あるいはそういう事情なのか……。

　地域に溶け込むための努力……。

「この空き家も、わたしが一生懸命リノベーションしたんですよー。ＤＩＹって奴《やつ》でーす。さてさて、言祝さまのお部屋は二階になりまーす。ご案内しますねー」

「あ、ありがとうございます」

「お食事はどうされますか？」

「ああ、その辺で適当に食べますんで、お構いなく……」

「えー、でも、この辺、何もないですよー？　掛け値なく何もないですー。お客さんはわたしの手料理を食べるしかないんでーす」

　確かに道中、食事処《どころ》どころか、コンビニの一軒も見かけなかった。口振りからしてどうやら支配人がシェフも兼ねているようだけれど……、素人の造った料理はあまり食べたくないのだが……、ご馳走《ちそう》になるしかないか。

「はいはーい。では、出来次第、部屋にお持ちしますねー。お風呂は時間制になってまーす。お客様は男性ですので、最後にお願いしまーす」

　ん？　ここでジェンダー意識を持ち出されたが、まあ、ここまで自転車を漕いできて、わかりやすく汗みずくだ。早くシャワーを浴びたい気持ちはあるものの、喪中さんに先に入ってもらったほうがいいだろう……、しかし時間制って、露天風呂《ろてんぶろ》でもあるまいし。

　こうして階段を上っていると、本気で民家だ。管理と言うか、掃除はしっかり行き届いていて、外から見たときほど、廃屋という感じではないようだが……、それでも床の軋みは隠し切れない。

「こちらの『憂鬱《ゆううつ》の間』になりまーす」

私の鞄を片手に持ったまま、喪中は階段を上ってすぐの部屋のドアの、ノブを捻《ひね》った。鍵はかかっていない、どころか、鍵穴もないノブだった……、この宿泊施設に、プライバシーは期待しないほうがよさそうだ。

何が『憂鬱の間』だよ。

ハッタリを利かせ過ぎだろ。

そう言いたくなるような、いかにも文化住宅風の洋室だったが、しかし言わなかったのは、必ずしも私が礼儀を弁《わきま》えているからというわけじゃない。

先客があったからだ。

家具もテレビも何もなく、徹底的にがらんとして、実際以上に広く見える部屋の中央に、ネグリジェ姿の女性があぐらをかいて、巨大なラジカセに繋《つな》いだ巨大なヘッドホンで、音楽を聴いていたのだ。

6

ネグリジェ姿の女性があぐらをかいて、巨大なラジカセに繋いだ巨大なヘッドホンで、音楽を聴いていたのだ。

なんだこの文章は。

小説で食べるようになって長いが、ここまで奇妙な文を書いたことは、そうそうない。ラジカセという単語だけ取り上げても、初めて書いたかもしれない。

実際、長い黒髪をばっさりと垂らしたその女性は、日本の伝統的な幽霊を思わせたけれど、しかしいかに半襦袢《じゅばん》さながらに薄手であっても、日本の伝統的な幽霊は、すけすけのネグリジェ姿で登場はすまい。

え、何？

よくないサービスを提供しようとしている？　この宿は。ＲＩＰサービスなんて不謹慎なプロジェクトに協賛している宿場が、そういった旧態依然とした不健全さを伴っていても、確かに疑問はないかもしれない……、かつて偉い王様が墳墓に埋葬されるとき、大勢の美女が一緒に埋められていたなんて文化もある……、あの町おこしコンサルタントならば、死にゆく自殺志願者に対し、そんな倫理を度外視したサービスを提供してもおかしくない。

煽情的《せんじょうてき》な展開を訝《いぶか》しみ、裸足《はだし》で逃げだしそうになったけれど、

「餓飢童《がきどう》さま！」

と、私なんかよりもよっぽど混乱した風な声をあげたのは、支配人である喪中だった。

「餓飢童さまのお部屋はこちらではありません！　お隣の『落込《おちこみ》の間』です！」

「ん……」

餓飢童と呼ばれた彼女は、億劫《おっくう》そうにヘッドホンを外して顔を起こす……、起こしても、長過ぎる前髪に隠れて、その顔はほとんど見えなかったが。

「ああ。間違えた？　ボク」

ボクっ子？

リアルでは初めて見た。

「ごめんごめん。人類の部屋は区別がつきにくくて。すぐに出て行くから勘弁して。ボクを許せば、きっといいことがあるよ」

幽霊どころか宇宙人みたいなことを言いながら、あぐらをほどいて立ち上がるボクっ子だったが、直立すると、異様に背が高い。背の高さに異様も何もないだろうが、室内でヒールを履いているのかと思って、ホテルマンでもないのに、彼女の足下を確認してしまったほどだ……、裸足だった。

裸足なのは彼女のほうだったか。

「そこをどいて、人類達。ボクが通るから」

巨大なラジカセを、両手で重たそうに持ち上げて、ふらふらしながら近付いてくる彼女の危なっかしさに、私は慌てて道を空ける。

人類達って。

ああ、とは言え、なるほど。

喪中は汗だくの男よりも先に自分が風呂に入りたかったわけではなく、単純に女性の先客があったから、風呂の時間をゾーニングしたわけか。

流れからして、いきなり意味もなくラジカセでぶん殴られるんじゃないかとも身構えていたけれど、私という人類に目もくれず、彼女はぺたぺたと裸足で廊下を歩み、言われた通りの隣の部屋（『落込の間』？）へと這入《はい》っていった。

「申し訳ございませーん、言祝さま！　たーいへん、ご迷惑をおかけしましたー！　今後はこのようなことがないよう、わたしのほうで目を光らせておきますので……」

「ああ、いえ、別にいいんですが……、確認させてください。今の人は、お客さんなんですよね？」

宇宙人ではなく、という言葉は呑《の》み込《こ》んだ。地球人としての礼儀だ。

「はいー。あのかたがこの民宿ピラミッドの最初のお客様になりますー。一昨日より滞在していただいておりまーす」

私が初めての客じゃないとは言っていたが……、どうやら鼻の差だったようだ。最初の宿泊客が、まさかすぐ隣にいるとは……、いや、別に一番乗りを目指していたわけではないけれど。

ただ、他にも宿泊客がいるというのは普通に意外だ。

口の軽い支配人が、あの混乱状態では仕方ないとは言え、さらっと個人情報を漏らしてくれたが……、餓飢童、だって？

「はい！　餓飢童きせきさまでーす！」

でーす、じゃないよ。

混乱状態から覚めても、普通にフルネームを教えてくれた……、今の時代、他人の個人情報なんて持っていていいことはないので、さっさと忘れないと。できれば出来事ごと忘れたいくらいだが、あの前衛芸術のごとき強烈なビジュアルは、網膜に焼き付いて離れない。ドナーカードにはああ書いたものの、今、私の眼球が移植されたら、相手はとても困るだろう。

「……あの人も、その、生前さんのご紹介で？」

毒を食らわば皿までの心境で、私は喪中に訊《たず》ねてみた。風貌や言動がただならなかったというのもあるけれど、プレオープンのこの時期に、限界集落の安楽市に滞在しているというだけで、観光とか出張とか、そういう真っ当な来訪ではないのは明白だ……、そう思ってかけたかまだったが、

「そうなんですよー。その通りなんですよー。生前さんにはお客様を次から次に斡旋《あっせん》していただいて、とても助かってますー」

果たして、そう頷《うなず》いた。

あんな奇妙奇天烈《きてれつ》な客を紹介されて、本当に助かっているのかどうかは定かではないけれど、まあそこは、自殺小説を書くために招かれた私とて、客としてのクオリティは似たり寄ったりだ。

あ、いや、本当にそうなのかも？

似たり寄ったりどころか。

餓飢童は小説家かもしれない。そんなペンネームは聞いたことはないけれど、チェックインは本名でおこなっただけかも……、喪中は、私を初めて見る小説家だと言っていたけれど、餓飢童が職業欄を空白にしていた可能性はある。肩書きを隠したがる作家は少なくない。

生前は、他の小説家には声をかけていない、かけるつもりもないみたいなことを言っていたけれど、もちろん信用できない。だからこそ、ただ断るのではなく、私は一旦引き受けてみせることで、企画をひねり潰そうとしているのだから。

宇宙人の正体が、招待された小説家だとすれば、あの世間ずれしていない奇矯《ききょう》な振る舞いや風貌にも、疑問の余地なく納得がいく。いや、小説家以外で、あんな奇矯な振る舞いをする者がいるだろうか？　私との仮契約が立ち消えになったときの保険として、生前は彼女を招いたのかも……、あるいは保険は私のほうかもしれない。

またはどちらも本命か。

ウェルテル効果を生む小説が、二冊あって悪いということもないだろう……、いや悪いのだが、あればあるほど効果的だとする考えかたは成立する。くそう、あの胡散臭い男の言うことを別に鵜呑みにしていたわけではないが、詐欺にあった気分だ。用心していたつもりなのに。

この齢であんな若者と両天秤《りょうてんびん》にかけられようとは。

やれやれ、のんびりしている暇はないな。

生前没後郎肝いりのＲＩＰサービスを、ひいてはウェルテルタウンプロジェクトを崩壊させるためのプランを、すぐにでも真剣に練り始めなければ……、思わぬライバルの登場に、そう焦燥に駆られる一方で、私はどこかでほっとしていた。

彼女が、この町の噂《うわさ》を聞きつけて、一足早くやってきた自殺志願者でなくてよかった、と。

餓飢童きせき。

推理作家なら、私がまったく噂を聞かないということはないだろうから、さしずめ恋愛小説かな？　時代小説という線もありうる……、つまり、どちらも私の不得意なジャンルである。男女のロマンチックな心中を描かせようとしていると見るのはいかがだろう？

心中か。

自殺小説家である私も、確かにそれは書いたことがない。
誰かと死にたいという気持ちは、よくわからないから。

第三冊　プロジェクトゥルッアーへ

すみやかに

1

翌朝、民宿ピラミッドまで迎えに来た生前没後郎に連れられて、私はまず安楽タワーに登ることになった。安楽タワーというのは私が勝手に名付けた名称だが、昨日、生前が去って行った方向に見えた、あの塔のことである。

「いいですね、安楽タワー！　さすがのネーミングセンスです、先生。才気煥発とはこのことですな。他の追随を許さないにも程があります。早速会議にかけて、それを正式名称といたしましょう！」

朝から生前はのりのりのりだった。

会議？　あなたが独断で決めているのでは？　と言いたくなるが、ぐっと堪える。見たまんま、そのまんまな名付けにわざわざネーミングライツを求める気もないので、ご自由にと言っておこう。

では、これまではあの塔は、なんと呼ばれていたのか？　どうも塔のつもりもなかったようで、飛び降り用の自殺スポットとして新築されたあの建造物は、リニューアルされた市庁舎も兼ねているとのことだった。

「し、市庁舎を自殺スポットにしたんですか？」

「ええ。公的機関が推しているということをアピールするためには、市を象徴する中心地こそが、明快な自殺スポットでなくてはならないと、誰が言うともなくそう決まりまして」

　お前が言ったに決まってるだろ。

　鶴《つる》の一声ならぬ死神の囁きだよ。

　そりゃあ市長も逃げだすわと、初めてこの地のトップに同情する気持ちになった……、この分じゃ、たぶん逃げだしたのは市長だけではないな。市庁舎の職員の大半は、もう市外に脱出しているかもしれない。

　これからそのハコモノに登ろうという身にとっては、やや気楽になったとも言える。作家なんて自由業からすると、やはり公務員のようなお堅い職業の方々と接するのは、緊張するのだ。実現すれば、市長とのインタビューもオンライン形式になるのも、ありがたいと言えばありがたい。

「それでは早速向かいましょうか、言祝先生。わたくしのマイカーを回してもよろしいのですが、本日も自転車でよろしいのですね？」

「ええ。付き合わせてしまって申し訳ありませんが、折角ですから、自分の足で町全体を見て回りたくって」

徒歩で回れるほど若くはないし、実際は、生前の運転する自動車に乗りたくないだけだが、ここは健康第一のサイクリストぶっておこう。

しかし、土地勘は失っても、自転車の乗りかたは忘れないものだ。

「いえいえ、苦でもありません。かつてある地方都市のコンサルティングで、交通安全のために、自動車を完全に廃止したこともありますので、慣れたものです」

無茶苦茶してるな。

その町の無念を晴らすためにも、私が頑張らねば……、もしも自動車がなければ世の中どうなっていただろうというSF構想は、推理作家の私も考えたことがないわけじゃないが、それを実現させるとは。

スマホ禁止の町も作っていそうだ。

まったく、シムシティ感覚で町おこしをしやがって。

「ところで、いかがでした？　先生。民宿ピラミッドの泊まり心地は。文豪として、執筆意欲を喚起される環境でしたでしょうか」

安楽タワー、もとい市庁舎まで向かう道中で、ペダルを回しながら生前が訊いてきた。ペダルよりも舌の回る男だ。にこにこしているが、相変わらずと言うか、午前中に見ても不審な点の多い笑顔である。

「ええ、そうですね……、この町を舞台にした小説を書くときには、あそこで長期滞在してもいいと思いましたよ」

慎重にそう答えたが、これが案外、あながちまるっきりのでたらめというわけでもない。民宿ピラミッドはあくまでベースは民家で、しかも部屋には文机《ふづくえ》どころか座布団一枚なかったが、とにかくご飯がおいしかった。

民宿の支配人である喪中ミーラが、指定した時間に部屋へ運んできてくれた夕飯が、そして先程ぺろりとたいらげてきた朝食が、何の変哲もない家庭料理でありながら、この世のものとは思えないほどにおいしかった。

この若者、『美味しんぼ』の登場人物かと思った。

ホテルマンとしては初々しさを差し引いてもやや逸脱した振る舞いの目立つ彼女だったけれど、民家の台所でこのレベルのご飯が作れるのなら、私がしている自炊は、料理じゃないと思わされてしまった。

入浴中、部屋に用意された布団は、紙みたいにぺらぺらだったけれど、それを補ってあまりあるほど、彼女は間違いなく、一流の料理人だった。

「お褒めにあずかり光栄でございます。言祝先生にそう言っていただけて、この生前、心から嬉しいです」

まるで自分が誉められたように、喜色満面な生前。

「ええ、喪中さんはその料理の腕を見込んで、雇わせていただきましたから。なにせお出《い》でになる自殺志願者にとって、最後の食事になるのですから、極上のものを、それでいて華美に過ぎないものを、用意させていただきたいと、シェフ探しには尽力いたしました」

なるほど。

死刑執行の日の食事じゃあないが、ただの美食じゃ駄目ってことか……、自殺志願者と死刑囚を同列に語ってはいけないが、そう言えば石田三成《いしだみつなり》のエピソードがあった。処刑されるその日に干し柿を差し出されたが、柿は痰の毒だからと断ったとか、そういう……、精進潔斎、とも、また違うのだろうけれど、食を整えるというのはわかる。

いや、わかってどうする。

そもそも喪中の腕なら、提供するあの食事だけで、十分にお客さんが呼べそうなのだけれど……、ＲＩＰサービスなんかに協賛しなくても。それとも、料理店を経営するというのは、そんなに甘くはないのだろうか。思いついたらその日になれる作家には、確かなことが言えない。

「もちろん、あくまで民宿ピラミッド、及びその支配人である喪中ミーラさんは、モデルケースです。あの家に二万人は泊まれませんからね」

年間二万人の自殺者を、一人あまさず招致しようというプランの眼目に揺らぎはないらしく、生前はそんなことを言う。確かに二万人のご飯を、あのクオリティでは作れまい……、しかし、個々人にとって最後の食事になるだけに、そこで手は抜けないだろうし、悩ましいところだろう。

うん、その悩みは私が解消してさしあげよう。ウェルテルタウンプロジェクトを立ち消えにすることで。

「その他、気になった点はございませんでしたか？」

更に深掘りしてくる生前。

もっと誉めてほしいのだろうか……、いや、そうではなく、隣の部屋に宿泊している餓飢童に、私が気付いたかどうかを探っているのかもしれない。

ずっと籠《こ》もっているのか、あれ以降、とんと姿を見かけなかったけれど……、入浴から戻ってみたら、またネグリジェ姿の彼女が巨大なラジカセで音楽を聴いていた、なんてこともなかった。

「いえ、今のところ、何の不満もありません。テレビがないのも、小説を執筆する際には、集中できていいかもしれませんね」

餓飢童に関して詳しく問い詰めてもよかったが、ここは空とぼけておくことにしよう。何の役に立つかはわからないけれど、とにかくこのコンサルタントに対しては、伏せられるカードはできるだけ伏せておいたほうがいい。手の内は可能な限り隠せ。

「それは何よりでございます。お、もうすぐ到着しますよ、安楽市の市庁舎に。駐輪場は裏手にございますが、まあその辺に停《と》めていただいて問題ないでしょう。違法駐輪を取り締まる警察官もおりませんし」

どういう思惑だったにせよ、生前はあっさり引いたが、待って、強盗どころか、警察官もいないの？　どんな田舎《いなか》だろうと駐在所はあると決めつけていたけれど……、だからこそ逆説的に、自転車泥棒に遭う恐れもないのか？

現代の進んだ科学捜査で犯人を特定させないために、推理作家は如何《いか》にして警察が関与できない環境をでっち上げるかに血道をあげるが、こんなあっさり、それが実現している地域があろうとは……。

違法駐輪にならないにしても、陸の孤島どころか、無法地帯も同然じゃないか……、だからこそ、生前没後郎の提唱する、やりたい放題のＲＩＰサービスが成り立つのか。

真面目な話、今、いったい人口何人くらいなんだ？

到着してから今の今まで一貫して、未《いま》だに誰ともすれ違っていないけれど……、会った人間は生前と喪中、そして宇宙人との遭遇にも似たあれを会ったと言っていいのかどうかは不明だが、餓飢童の三人だけだ。全員外部の人間で、地域住民とはひとりもコンタクトできていない……、まともな人間なら、市長や公務員じゃなくっても、こんな町からは逃げだすか。

足による投票って奴だな。

地球最後のひとりになったらどうする？　みたいな心理テストがあるけれど、まさかこの安楽市から真っ先に逃げだした私こそが、最後の住人になってしまったのだろうか……、教訓を含んだホラーみたいなオチだ。

さておき、サイクリング中のさわやかな会話を楽しんでいるうちに、気が付けば、安楽タワーを見上げられる位置まで来ていた。遠くから見ると東京タワーと区別がつかなかったが、こうして到着してみればトリックアートのごとく、まるっきりシルエットが違う。

こういった塔自体は全国のあちこちにあるけれど、そのどれとも似ていない……、生意気にも権利問題を考慮したのだろうか。まあ、東京タワーと寸分狂わず同じデザインの巨大建造物を、自殺スポットとして作りましたなんて、いかにもまずいだろう。狂っていないのは寸分だけということになる。

そう言えば、東京タワーは戦車を材料に作られているなんて雑学があるけれど、この安楽タワーは、何でできているのかな？　こうして見る限り、発掘された恐竜の骨を組み立ててビルディングにしたようにも見えるが……、そんな化石が発掘できたら、それで町おこしをするはずだ。

化石は広い意味では死体だが……。

どんなタワーにも似ていないと言ったけれど、タワーとしてじゃなく考えると、あえて言うならあれに似ている——宇宙船の発射台。

またはバンジージャンプの飛び降り台。

ゴムなしでバンジージャンプをするようなものだから、さもありなんだ。飛び降りやすさに重点を置いているから、やや反《そ》っているような形になっているのかな？

登ってみないと何とも言えないが……。

「そうそう、言祝先生。わたくしとしたことがうっかりしておりました。市庁舎内にお入りいただくにあたって、サインをしていただきたいのです」

「？　サインですか？」

そこまでファンの振りをしなくてもいいのに、恋愛・時代小説家と両天秤にしている癖に、と思ったが、色紙にするようなサインではないらしい。

「ええ。言祝先生には、自殺志願者の仮想体験をしていただきますので、そこも徹底しようかと……、なので、『もしもこの市庁舎から落下するような事故が起きても、確固とした自分の意思で屋上まで登りましたので、安楽市の責任は一切問いません』という書類に、サインしていただきたく」

それこそバンジージャンプや、またはスカイダイビングみたいなアトラクションに参加するときに、署名するあれか……、リスクマネジメントであり、責任回避の動きである。

ふん。賠償責任を求められたら、町おこしにならないものな。

それにしても、昨日の臓器提供の意思確認といい、意外と手続きが多い。東京からだとここまで来るのに一日以上かかるし、自殺志願者にとってこれらのプロシージャは、煩雑になってしまうのでは？

チュートリアルの長いソシャゲみたいだ。

「仰る通りです、さすが言祝先生。視点が鋭くていらっしゃいますね」

前置きはいいから。

採点が厳しくなっちゃうよ？

「ですが、煩雑であるべきなのです。ウェルテルタウンが、お手軽に死ねる場所だと思われてしまうと、それはそれで我々の欲するところと違ってしまうのですよ。Ｒ・Ｉ・Ｐ。ここは、やすらかに死ぬための努力を怠らなかった者が、やすらかに死ねる場所であるべきなのですから」

「はあ……」

これまた詭弁《きべん》を弄《ろう》されたという気もするが……、こんな怪しげなコンサルタントにも、あるいは一定のモラルがあるのかもしれない。引くべき一線は引いている――すなわち、大して自殺する気のない人間が、遊び半分で来訪することを、経路検索不能な秘境感と煩雑な手続きで拒《こば》んでいる。

死ぬ者拒まず、生きる者追い払うと言ったところか。

ともあれ、サインしなければ市庁舎内に這入れないと言うのであれば、サインせざるを得ない。ある意味では、連帯保証人の欄に署名する以上に危険な書類かもしれなかったけれど、こうなってしまえば是非もない。

ただし、左手で書くことで筆跡を変えるという悪あがきくらいはしておこう。

2

ところで、私が死んだら私の小説の著作権は、どうなるのだろう？　ドナーカードや人権放棄書類にサインするよりも先に、税理士と相談して、遺言書を書いてから里帰りすればよかった――それよりエンディングノートかな？　私は古書のコレクターではないけれど、それでも一応作家だから、図書館や、場合によっては博物館に寄贈すべき貴重で希少な書物の数冊くらいは持っている。あれらを適当に古紙の日に出されては文化の損失だ。

そんなことを、安楽タワーの屋上――地上三十三メートルの高さで、地面を見下ろしながら考えた。

地上三十三メートルと、数字にしたら大したことがないように感じるかもしれないが（ちなみに東京タワーの高さが三百三十三メートル）、生前いわく、どうもこの辺が限界の線らしい。たとえ足から落ちても確実に絶命できて、かつ、一般的な人間が、えいやっと飛び降りられる高さの……、いくら確実に死ねるからと言って、普通、東京タワーのてっぺんから飛び降りようとは思えないか……、もっとも、単純な予算の都合を、もっともらしく説明しているだけかもしれない。逆に、これ以上低くても、人は飛び降りにくくなると言う。十メートル強くらいの高さが、もっとも恐怖を喚起するそうだ。

市庁舎の周囲、ここから飛び降りた場合の着地エリアを、花壇などではなく、でこぼこの自然石みたいなので敷き固めているのは、つまり予算不足を補う安上がりの工夫と見るべきか……、いかんいかん、本当に自殺小説の大家としての視点で、安楽タワーを逐一評価してどうする。

☆4じゃないって。

「飛び降りはやはり自殺行為の花ですからね、ここを外すわけには参りませんし、限度はあるとは言え、それなりに派手に演出しませんと。夜間になりますと、市庁舎全体がゴージャスにライトアップされるようになっております。希望者は、そのライトで電光掲示板のように、自分の名前を表示することも可能なのです」

とんでもない承認欲求だな。しかしそれも、人生最後の承認欲求だと思えば、反射神経で全否定するわけにもいかない……、もちろん、ライトアップを独占するのだから、お金もかかるのだろう。安楽市のＲＩＰサービスは、優良であって、有料である。この屋上だって、高額ではないとは言え、出入りはチケット制なのだ。

仮想体験なのだからと買わされてしまった。商売上手め。

三途の川の渡し賃をあちこちで徴収しやがる。

自殺スポットとして見なければ、ただ単に、限界集落が一望できるだけの櫓もどきの塔なのに……、わずか三十三メートルの高さとは言え、市全体に、他に高層建築がないため、相対的に、そう悪い眺望でもない。

　東京タワーは三百三十三メートルあると言っても、東京にはひけを取らない高層建築物が景観にごまんとあるから……、こういうときは『人がゴミのようだ』と言うのがお約束だけれど、その人がひとりもいないから、埃の積もったジオラマでも見ている気分だった。

「いかがですか？　言祝先生。飛び降りてみたくなりましたか？」

「いやあ、他も見てみないと、まだ巡り始めたばかりですから……、まずはここがベースラインと言ったところですかね」

　誤魔化すために不動産巡りみたいなことを言ってしまったが、実際、これくらいの高いところに立つと、なんとなく飛び降りたくなってしまうのも心理学だ。

　自分で自分が信用できなかったので、私はきわきわから一歩引いて、安全圏に移動する。その目的上、当然のことながら、この屋上には柵《さく》なんて設けられていなかったので、突風が吹けば落下してしまいかねない位置にいた。

「……でも、こういうのって、何らかの法律に反するんじゃないですか？　安全管理上、何メートル以上の建物の屋上には柵を設置しなければならないとか、そういうルールがありそうですけれど」

「ええ。そこはエコのためと言って回避します」

「エコのため？」

「猫のためでも構いませんが」

そう言って生前は不気味に微笑《ほほえ》む。猫派なのか、それとも自殺志願者よりも猫のほうを可愛《かわい》がる、人類全体を皮肉っているのか……。

「個々人が気をつければいいだけの安全設備を、わざわざ製作することは環境汚染に繋がるから、利用者からの特別なご要望がない限り、屋上に柵は設置いたしません、と。つまりこういう理屈ですね」

エコ活動の悪用だ。

とことん頭が回る男である。

気をつければいいだけ……、確かにその通りではある。その通り過ぎて死にたくなる。裏を返せば人間なんて、気をつけていなければあっけなく、自殺衝動に駆られてしまうような生物なのかもしれない。

「もっとも、事故は防がねばなりませんので、十歳以下のお子様は、たとえ保護者同伴であっても、この市庁舎屋上には立ち入り禁止とさせていただくつもりです」

変なところで良識を発揮する。

アトラクションの身長制限みたいなものか……、でも。

「十歳以下の子供が、希死念慮を持つ可能性はない、と、簡単に断じてしまっていいんでしょうか？」

「ふふ。そうですね。先生の小説では、六歳の子供が拳銃自殺なさっていましたね。あれはまさしく瞠目《どうもく》のトリックでした。幼い子供が、しかも銃で自殺するわけがないという心理的盲点を、見事についていてらっしゃいましたね」

「…………」

　愛読者め。

「あくまで大枠で、原則の話ですよ。細かい点は、ケースバイケースで判断していくしかないでしょう。限界集落を自殺の名所として売り出そうというのは、この安楽市が初めての試みになるのですから、失敗を恐れていても始まりません。基準としてこの自殺スポットには、転んで落下することのない程度の体軀《たいく》とバランス感覚は欲しいと考えているだけです。今のところね」

「……では、他の自殺スポットでは、場合によっては十歳以下の子供の自殺も許容されるというわけですね？」

「繰り返しになりますが、コンサルタントとして、防ぎたいのは事故の発生です。ご自身が、ご自身の意思で決行なさる場合には、年齢にかかわらず、それを妨げるつもりは一切ございません。先生の小説のように」

「ちなみに、現在稼働可能な自殺スポットは、どれくらいあるんです？」

「早くも興味を示していただき、ありがとうございます。最終的にはすべての自殺手段を網羅《もうら》したいという大願を抱いてはおりますが、あまり欲張っていてはいつまでもオープンできませんので、最初は七つの手段に絞ろうと考えております」

　私の仕事場でおこなったプレゼンの際にはテーブルに資料を、これでもかとばかりに広げてくれたけれど、あれはあくまで演出であり、このＲＩＰサービスの概要は、そもそもすべて頭の中に入っているのか、生前は手帖《てちょう》を開くこともなく、述べ始めた。

「まずはここ、市庁舎改め安楽タワーからの飛び降り自殺。この間もお話しいたしました、入水自殺。森林公園の樹海を運用する形での首吊《くびつ》り自殺。商店街の刃物研ぎさん、そして銭湯さんと提携したリストカット自殺、そして市民病院とバーター契約を結んだ服毒自殺。ここまでが自殺のビッグ5ですね」

ビッグ5という言いかたは不謹慎さがビッグだが、しかしまあまあ、自殺と言われて自殺らしい五つの自殺ではある。代表例と言っていい。商店街なんてものが、この状況で生き残っているのかどうかというのが疑問だったが、生き残っていないから、こんなＲＩＰサービスに一枚噛《か》むことになっているのだろう。

民宿ピラミッドの支配人である喪中から、この町は医療費無料と聞いていたけれど、市民病院も共犯者とは……。

闇が深い。

「つまり、残るふたつは、変わり種ですか？」

「ええ。王道ばかり集めてもつまらないでしょうし、お固くなってしまいますからね。ニッチなニーズに応《こた》えてこその町おこしですから。メジャーなものだけでいいのであれば、大都会にだって要素はすべて揃《そろ》っています」

東京暮らしをディスられた気分だが、確かに要点は押さえている。王道はあくまでビッグ5だとしても、オプションとして、ここでしかできない死にかたは取りそろえておかなければ、ウェルテルタウンとは名乗れないだろう。

名乗らなくていいのだが。

ちなみに、作中でウェルテルが採用したのは拳銃自殺だが……。

「六つ目のスポットは自爆ですね」

「自爆？　ロボットじゃあるまいし、人間にそんな機能はないはずですが……、市民病院で改造手術をして、体内に爆弾を埋め込むんですか？」

「面白いことを仰る、言祝先生。早速院長にそのアイディアを提案したいところですが、この件に関しましては、残念ながら、既に安楽祭実行委員会とのパートナーシップを結んでしまっておりまして」

安楽祭実行委員会？

……ああ、おぼろげな記憶だけれど、あったな、そんな地元のお祭りが。年に一回ではなく、町でしか通用しない謎の暦《こよみ》に従って、不定期におこなわれていた。とは言え、私がそんな地元のお祭りを知っていることを、生前に気取《けど》られてはならないので、

「へえ、そういうのがあるんですか。しかし、祭りと自爆に、どういう関係が？」

と、しらばっくれた。

「祭りと言えば花火でございますよ、言祝先生。花火師体験という形で、志願者の皆さんには、夜空で大々的に爆《は》ぜていただこうかと」

志願者と言うと、まるで花火師の弟子入り志願者のようだが、その実態は自殺志願者である……、あー、そうだ、そう言えば、安楽祭は、祭りの締めに小規模ながら、花火大会を開催していた。

町がこんな状態じゃあ、花火大会も、祭り自体もおこなわれなくなって久しいだろうが、ま

さかそんな行事と自殺行為とをひっつけてくるなんて、とんだマリアージュもあったものだ。手術台の上のミシンよりも奇抜だ。あるいは手術台の上の改造手術よりも。

「広く世界を見渡せば、死人が頻出しかねないような危なっかしい、地方特有のお祭りはありますからね。安楽祭も、この花火大会は古くからの伝統文化だと主張すれば、行事として成り立つという公算です」

理屈と膏薬《こうやく》はどこにでもつくにもほどがあるな……、この場合は、膏薬ではなく公約か？　花火となって夜空に散りたいなんて望む自殺志願者がいるかどうかは疑問だが、しかし歴史を遡れば、松永弾正《まつながだんじょう》だっけ、茶釜《ちゃがま》に爆薬を詰めて自爆した大名もいた。

さっきのライトアップの話じゃないが、最後はド派手に決めたいと言うか、ひっそりと、人知れず死んでいきたい自殺志願者ばかりじゃないのも事実だ。

「それで……、七つ目はなんですか？　町のオープン当初に揃えておきたい、七つ目の自殺スポットは」

「ふふふ」

なぜかそこで、生前は意味深に笑った。いや、テープ糊で貼りつけたようなこの男の笑みは、いつも意味深で不気味で怪しげで、直視できないそれなのだが、このときは特に意味深だった。

「それがまだ、決まっておりませんで」

「え？　おかしいじゃないですか。他にも、練炭自殺、自動車自殺、電車自殺などの準備を進めているって、確か言っていませんでした？」

本当に良質なサービスを要求する自殺志願者みたいに、身を乗り出して訊いてしまった。屋上から身を乗り出したわけではないけれど、この男の論理に瑕疵があればなんでも突いておきたい。

「てっきり、七番目の変わり種こそ、ハラキリなのかと思っていました」

「ご名答と言いたいところです。外国人観光客向けに、やはり日本ならではの作法も盛り込みたかったですから。わたくしも当初はそのつもりだったのですが、ここに来て計画の変更を余儀なくされました」

「余儀なくされたって……」

この、悪い意味で一本気なコンサルタントに圧力をかけられるような権力者がいるのか？　だとすれば私は、全力でその人と癒着しなければならないが……、しかし、私のそんな胸算用を裏切るように、

「しかし、これはいい変化です。安楽市の町おこしにとって、間違いなくプラスになる変更でしょう」

と言うのだった。

「わたくしの勿体《もったい》ぶった表現のせいで言祝先生には不要なご心配をおかけしてしまいましたが、ご安心ください。七番目の自殺スポットは、遠からず決定することになるでしょう。遠からず決定することは決定しております。もしかすると、先生のご滞在中に、決まることになるかもしれませんよ？」

勿体ぶりを謝罪しながら、更に思わせぶりを被《かぶ》せてくる生前に、そろそろ慣れてもよさそうなものなのに、私はまたも死にたくなったのだった。

3

「そう言えば、生前さん。逆パターンについても教えてもらっても構いませんか？」

「逆パターン？　と言いますと？」

「ええ。前面に押し出していきたい自殺スポットはわかりましたが、だったら逆に、これは推せないという自殺の方法も、あるんじゃないかと思って」

市庁舎の屋上から、安楽市の全景を眺めながら、私は訊いた……、実のところ、この質問自体に、そう深い意味はなかった。間を持たせたかっただけであり、私に言わせれば、そもそもビッグ5だろうが新機軸で新奇性の高い自殺スポットだろうが、すべての自殺が、あってはならないことなのだから。

少なくともここでは、あってはならない。

ただ、三百六十度、パノラマに広がる景色の中から、かつて自分が住んでいた、テリトリーと言えるエリアはどの辺だったかというのを探そうと思いついてしまって、その不自然さを悟られないための質問だった。

この町おこしコンサルタントには、喋らせておくのが一番だろう。

「もちろんございます。いくらウェルテルタウンにウェルカムと申しましても、自殺であればなんでもかんでも歓迎するというわけには参りませんから」

　思惑通り、生前は得意気な説明を開始する。実に嬉しそうに……、私がＲＩＰサービスの詳細に、関心を強めているると思ったのだろうか。

「まず、常識的に考えて、これは絶対にありえないというのは、無理心中ですね。十歳以下の子供が自らの意思で自殺を試みるかどうかというテーマは実に深い話題となりますが、お子様に限らず、家族やパートナーを、無理矢理道連れに旅立とうという発想は、とても認められるものではありません」

「ふむ」

　まあ、そりゃあそうだ。無理心中と言うと、まるで心中の一パターンのようにも聞こえるけれど、実際にはただの殺人である。

　自殺は認めても、殺人は認めない。

　明確だ。はっきりしたスタンスである。

「粗《あら》を探して言うわけじゃありませんが、そうなると、妊娠中の自殺というのも、一考の余地があるわけですね？」

　考えたくもないケースだが、私は粗探しをする。つまり、結果として胎児という、自分とは別の人間を殺しかねないからという配慮だ。

「自殺することで、おなかの赤ちゃんとの無理心中になってしまうのはまずいでしょう。いや、そうなると生前さん、ＲＩＰプロジェクトの根幹が揺るがされることになりますかね？」

「そこは日本の法律に従うことになるでしょうね。確か、妊娠二十二週までの中絶は、この国では合法だったはずです。配偶者の同意があれば、ですが」

赤ちゃんとの無理心中という強いワードで、少しはたじろいでほしかったが、何食わぬ顔で答える生前。その辺りの理論武装は既に終了しているということか……、中絶にあたって配偶者の同意が必要という日本のルールは、割合珍しいそうだが。

自殺するのに配偶者の同意が必要だとか言われたら、私だって死にたくなる。

「じゃあ、当然、強要された自殺みたいなものも、認めないと考えていいんですね？　たとえば大借金を背負って、生命保険で返すしかないと脅されて、家族のために仕方なく……、みたいな」

自殺では保険金は下りない、というテンプレートが、推理小説の中では語られがちだが（私もそう書いたことがある）、実際にはそう画一的なものでもないらしい。だが、だからと言って、推奨されるはずもなかろう。

そう思っての問いかけだったが、

「それもまた、ケースバイケースですね」

というのが生前の答だった。

ここも画一的ではない。

「強要された自殺がNGなのは、賢明なる言祝先生のご推察通りでございます。あくまで自己決定に基づかなければ自決になりませんから……、しかし、大借金を背負って、自殺を強要されるような状態から、死ぬことで逃れたいという気持ちは、わたくし共としては尊重したいと考えますので」

「逃れたいという気持ち……、ですか」

逃げたい、とはちょっと違うんだろう。微妙な日本語のニュアンスだ。

無理心中のような殺人が駄目だと言うなら、いわゆる通常の自殺だって、世間や社会に殺されたようなものじゃないのか？　という方向に話を持っていくことで、生前を論破しようと密《ひそ》かに計画していたのだが、その辺りの理論武装も、とっくに済ませているようだ。

……んー。

こうして俯瞰《ふかん》してみればすぐにわかるだろうと思っていたけれど、意外とわからないものだな、中学生だった頃のテリトリー。

民宿ピラミッドの位置はすんなり確認できたけど。

「他に考えられる禁忌といたしましては、拡大自殺がございます」

「拡大自殺……、町中や学校といった公共の場で、大量の巻き添えを出しながら自殺する方法のことですね？」

「はい。先生の作品でもお馴染《なじ》みです」

お馴染みって言うな。

そんなに書いてないよ、拡大自殺は……、そもそも、私としてはそういう行為を拡大自殺と、地の文では表現していない。

あれは普通に大量殺戮《さつりく》だろう。

道連れが欲しいという解釈ならば、無理心中と通じるところもあるので、生前が線を引くのは納得できる。

ああ、だからベスト7の変わり種である爆死は、打ち上げ花火とコラボしているのか……、夜空に散らせるのは、単に派手だからではなく、周囲に巻き添え被害を出さないための方策でもあるわけだ。

「拡大自殺に限らずですが、いくら自分が死にたいからと言って、周囲に迷惑をかけるような死にかたはご法度《はっと》ということです。たとえば、この安楽タワーから飛び降りるのは自由ですが、しかしそれで、真下にいる人にぶつかって、殺してしまうようなことがあってはならないのです。もちろん、そんなことが起こらないよう、屋上からの落下エリアは立入禁止にされていますが」

屋上が基本的に出入り自由なのに、一階付近が立入禁止というのもおかしな話だが、RIPサービス的には当然の配慮なのだろう。

ただ、今の意見には隙があるように思えた。

私はもう、半《なか》ば、中学時代のテリトリーを探すことを諦《あきら》めて、ここを先途と、舵《かじ》を切る。案外俯瞰ではなく、かつて歩いた地上からのほうが、記憶は呼び起こしやすいのかもしれない……、好んで呼び起こしたい記憶でもないけれど。

「どうあれ自殺をして、周囲に迷惑をかけないというのは難しいんじゃないですか？　どんな死にかたをしたところで、自分ひとりの問題では済まないでしょう」

「そこをフォローするのがＲＩＰサービスです。死体の回収や現場の処理、葬儀や遺品整理まで、万全を期しておこなわせていただくつもりでございます」

そういう意味で言ったのではないのだが……、だが、自殺志願者の気持ちになって考えれば——今日、まさに私はそれをしているわけだが——、そちらのほうが重要視されるかもしれない。

　周りの人達に迷惑がかかるから自殺はやめなさいという指摘が、自殺志願者に響くとは思えない。周りの人達が悲しむから、と言うべきなのだが、これも、周りの人達が悲しまないなら自殺してもいいという許可証になりかねない。

　そう思えないから、またはそう思った上でも、死にたいと考えてしまうのであれば、生前よりも更に、論破が難しい。だいたい、自殺志願者を論破してどうする？　余計死にたくさせてしまいかねない。あなたが死ぬことで悲しむ人もいるんだよという意見は非常に正しいのだけれど、死にたいと主張している当事者より、周囲の人達を優先してしまっていると言えなくもない。そう言っていいのは、悲しみの当事者だけという気もする。

「自分の意思で決意する自殺ならば、ウェルテルタウンは推奨する。そう取っていいんですよね？　でも、生前さん。これは先入観になってしまうかもしれませんが、死のうと考えるときの人間の精神状態って、とても不安定なものじゃありませんか？　悲しみの底にあったり、深く悩んでいたり、とても憂鬱だったり、とんでもなく自暴自棄だったりしたときに決めたことを、その人の正常な判断だと評価してしまってよいものなんでしょうか」

「いやはや、言祝先生、お戯《たわむ》れを。まだわたくしをお試しになりますか。その質問に対する答もまた、既に先生がご自身の小説の中に書かれているじゃありませんか」

　何を書いた、私は。

　自作を読み返すと、若き日の己の、怖いもの知らずな発言に震えることがままあるが……、この男、それを逆手《さかて》にとるために全作を読破したんじゃないのか？

「『己の意志で生きている人間はいないが、己の意志で死ぬ人間はいる』。痺《しび》れましたね、あの一節には」

無責任なことを書いてやがる。

身に覚えがないと言いたいところだが、確かに書いた。危険人物に読まれる可能性を考えもせず……、死のうという判断が正常かどうかは評価しづらいが、かと言って、そもそも私達は、生きようと思って生まれてきたわけでもない。

朝起きて、よーし今日も生きるぞと強い決意をして生きている人間が、どれだけいるのか？　言いかたを変えれば……、生きようという判断が、正常な精神状態でおこなわれていると、なぜ言えるのだろう？

どうして自殺しちゃ駄目なのか？　か。こうしてみると、どうして人を殺しちゃいけないの？　よりも、よっぽど難問だな。死にたい人間は勝手に死ねばいいというような、意見とも言えない意見には生理的に反発を覚えるけれど、その感情を言葉にできなければ、小説家とは言えない。

私がとっくに捨てた故郷を、自殺の名所にされたくないと思ったのはどうしてだ？　生前が、私が元地元民であることを知らずに、私の仕事場を訪ねてきたことを、運命じみていると感じたからだが……、運命という言葉に逃げず、もっと突き詰めて考えたほうがいいのかもしれない。そうでなければ、いつの間にか私も、この町おこしに呑まれてしまいかねない。

強い意志を持たなければ。

「ん……？」

と。

そこで私は、もう何を探すでもなく、漠然と眺めていた景色の一点に、目を留めた。いや、探すのをやめた途端に、かつて自分が生活をしていたエリアを発見したわけではない……、それについてはもう、おそらく私は無意識のうちに己の過去から目を逸《そ》らしているのだろうと結論づけている。里帰りをしておきながら、私はまだ、自分の故郷と向き合えずにいる。アウェイ感を拭いきれない。

そうではなく、目が留まったのは、安楽タワーから一望できる風景と言うより、塔のほぼ真下――飛び降りようとしたわけではないが、再び覗《のぞ》き込《こ》むように見てしまった真下の、市庁舎の自転車置き場だった。

自転車置き場と言っても、自転車は一台も停まっていない。私と生前も、ここまで自転車で来たけれど、市庁舎の正面入口付近に、鍵もかけずに違法駐輪をしている。

裏手に駐輪場があると言っていたが、あれがそれだろう――将来的にはレンタサイクルの貸し出し場も併設する予定だと言っていた、がらんとしたその場所に、ひとり、座り込んでいる人がいた。

座り込んでいる人。

と言うと、散歩中にちょっとベンチに腰掛けて休憩している人の姿を想像されるかもしれないけれど、私にしては珍しく、これはレトリックのない表現で、その人は、本当に座り込んでいた。

地べたで。

座り込みをしていた。

「はっ！　先生、いけません！　お目汚しになります、ご覧にならないでください！」

素早い動きで生前が、私の前に回り込んで両手を広げ、視界を遮《さえぎ》った。皮肉にも、ＲＩＰサービスのプランナーが、私の飛び降り自殺を防ごうとしているかのようなモーションだった。

その剣幕に、私は気圧《けお》されてしまう。

「どこの町にでもいるんです、ああいう変わり者が。どんな優れたアイディアにも、反対せずにはいられないへそ曲がりと言いますか――わたくしとしてもくじけず話し合いの場は設けているのですが、わからず屋への対応に苦慮しておりましてね」

「は、はあ……」

変わり者も、あなたに言われたくはないだろうと思ったけれど、しかし町おこしコンサルタントとしては、そんな風に言いたくなるのもわからなくもなかった。

もう遮られて見えなくなったが、駐輪場で座り込みをおこなっていた人物は、縦に三十三メートル離れた屋上からもはっきり見えるくらいに大きく『反対！』と書かれたプラカードを持っていたし、その左右には、『出て行け！』『ふるさとは私が守る！』と力強い筆致で書かれた幟《のぼり》が立てられていた。

こう言っちゃあなんだが、トンネルを抜けたところに設置されていた、生前が手ずから作ったというウェルカムボードよりも、よっぽど熱が籠もった筆致である。

なるほど、生前が違法駐輪を勧めてきたのは、駐輪場で座り込みをおこなっている市民がいたからなのか。私が変に、完全に個人的な理由できょろきょろしたせいで、こうして屋上からでも見つけてしまったが……。

町おこしコンサルタントの提唱するウェルテルタウンへの反対運動——と言うにはあまりに小規模、どころか最少人数のそれだけれど、ようやく私は、こんな距離感で、こんな形とは言え、地元住民を目撃できたのだった。

よかった、完全なるゴーストタウンではなかったらしい——それに、いたのだ、反対派が。たったひとりであっても、私は百万の味方を得た気持ちだった。

百万の味方。

もはや政令指定都市も同然である。

4

結局、本日の取材を終えて民宿ピラミッドに帰ってくる頃には、とっぷり日も暮れてしまっていたし、その内容も、自殺スポットを順番に巡るだけで終わってしまった。しかも、正確にはスポットのすべては回り切れなかった体たらくである。優良進行とは言いにくい。まあ、爆死の花火に関しては日程のあることだし、まだ決まっていないという七つ目のスポットは、元々回れるはずがなかったのだが、どちらにしろ達成感はない。

自殺スポットをいくつも回って、無事に生きて帰れただけでも僥倖《ぎょうこう》か……、精神的には相当参らされたけれど、ともかく、支配人の喪中が遅い夕食を運んできてくれるのを、がらんどうの部屋で横たわって待つ間に、視察できた分だけ、ダイジェストでお届けしよう。

飛び降り自殺用の安楽タワーに続いて向かったのは、入水自殺用の川だった。川と言うか、用水路と言うか……、私が住んでいた二十年前には、確か、無個性にもドブ川と呼ばれていたはずなのだが、連れていかれて見れば、そこに流れていたのはなかなかの清流だった。

「ここも安楽川と名付けましょう。名付け親は言祝先生ということで」

勝手に親にしないでほしかった。

世界的な感染症の蔓延《まんえん》で観光客が訪れられなくなったことで、ヴェネチアの運河が透き通るほどに綺麗《きれい》になったなんてエピソードがあるが、ベッドタウンがゴーストタウンになることで、ドブ川が洗浄されたのだろうか？　おそらくそれもあるのだろうが、これは基本的にはＲＩＰサービスの成果らしい。

「汚れた川に飛び込んで落命したいと思うかたは、いないでしょうからね。まず水質をできる限り綺麗にすることから始めました。川辺に落ちていたゴミもすべて回収しましたし、今ではメダカやザリガニも棲息しております。そのまま飲んでも大丈夫なほどですよ」

生前は誇らしげだった。

安楽タワーの屋上でもエコについて語っていたけれど、自殺用に河川を整えることで、深刻な環境汚染問題を解決に導いたというのは、戦争が理由で科学や医学が発展したのと同じじゃるせなさだが……、上流で何らかの調整でもしているのか、足が川底に届かない程度の水量に調整されている。

橋の欄干も、事前に聞いていた通り、梯子のように足をかけやすい作りになっていた。細かい気遣いだ……、三十三メートルの高さから飛び降りるのは気が進まないという高所恐怖症の自殺志願者からすれば、水面までの距離は、ちょうどいいくらいなのだろう。

「しかし生前さん、溺死《できし》というのは、死にかたの中でも相当苦しいほうだと聞き及んでいますが……？」

「はい、そう言われております。ただ、それは確認のしようがないことですからね。飛び降りと飛び込み、どちらのほうが苦しいか、成功者にアンケートを採る方法はございませんし」

成功者？　ああ、自殺成功者という意味か。セミナーでも開催していそうな男に言われると、違う意味に聞こえてしまった。

熊《くま》に遭ったとき、死んだふりをすれば生き残れるみたいな話か。生き残った人からしか話を聞けないから、有効な方法に聞こえてしまうという生存者バイアス……、ただ、死んだふりがいついかなるときも通じないかと言えば、そういうわけでもない。

擬死という生態もあるのだから。

「……先程は言及されていませんでしたけれど、生前さん、ウェルテルタウンでは、狂言自殺も禁止ですよね？」

「言うまでもないことだと短絡的に決めつけてしまっておりました、申し訳ございません。もちろん、狂言自殺はあってはならないことでございます。良質な自殺スポットを提供するウェルテルタウンに対する背信であり、詐欺行為に他ならないでしょう」

詐欺師みたいな手合いが狂言自殺を詐欺行為だと責めるのも滑稽《こっけい》だったが、あんなタワーを建設したり、川を整備したり、あの手この手で町おこしに尽力しているのに、なんちゃって自殺志願者、ビジネス自殺志願者に来られては困るのだろう。

狂言自殺はウェルテルタウンにとって、迷惑な観光客みたいなものか……、幽霊が出ると言われる怪談スポットを巡る物好きもいるわけだし。いや、私が今日おこなっている取材活動が、はたからみればまさしくそのものであり、続いて向かったのは、首吊り用の自殺スポット、樹海である。

樹海を作るために、元々あった森林公園に植樹をおこなったという苦労話を懇々と聞かされたけれど、それでも樹海なんて、簡単に作れるものではないだろう。しかし、実際に足を運んでみると、そこに広がっていたのはまさしく私のイメージする樹海そのものだった。なんなら腐海かと思ったくらいだ、『風の谷のナウシカ』の。

「わたくしは不勉強でございまして樹海の正式な定義は存じ上げませんが、森林の保護活動に関しては、かつて手掛けたことがあるのです。今回は、その逆のアプローチをさせていただきました……、人工的に樹木の生育をおこなうのではなく、繁殖力の強い外来性危険植物を野放図に植樹し、あとはほったらかしの、自然のままにさせていただきました」

ドブ川を、じかに飲めるような河川にしてくれたが、やはり環境保護が主目的ではないだけあって、森林公園に関しては滅茶苦茶に荒らしてくれたようだ。いや、生前が手をつける前から、手のつけられないような荒れ模様だったことは想像に難くないけれど……、外来性危険植物って。

緑を増やそうと、育ちやすくて丈夫な杉ばっかり植えたら、花粉症がはやってしまったなんて酷い小話があるが、これはそれ以上だ。しかし森林や山林は人為的に手を加えないと、どうあれ樹海みたいになってしまうというのも、避けられない自然の厳しさである。

「むろん、人間が首を吊っても折れないような、丈夫な枝ぶりの樹木を選定するくらいの管理は、させていただいております。剪定《せんてい》はせずとも選定はしているというわけでございますな。もっとも、首を吊るまでもなく、この樹海に迷い込んでしまえば、なかなか出てくることは難しいと思われます」

そんなところを取材させようとするな。

私は視察に来たのであって自殺にきたんじゃない……、真面目な話、その森林公園改め樹海公園の中に這入るには、厳重な装備が必要とのことだったので、外からぐるりと一周、遠目に眺めるだけで済ませた。

私も遭難したくはない。

この市に足を踏み入れた時点で既に遭難しているようなものだが。

野獣や未知の生物が潜んでいても不思議のないジャングルというのが、とりあえずの感想だった。

そして併走するマウンテンバイクとロードレーサーが、次に向かったのは安楽市唯一の商店街である。かすかに記憶に残っていないでもない。が、お察しの通り、到着してみると、シャッター街と言うのもおこがましいほどの有様《ありさま》だった。

これでは封印された記憶も甦らない。

シャッターなんてむしろ開けっぱなしで、夜逃げ同然に閉店している店舗だらけだ。さながら割れ窓理論の社会実験でもおこなったかのようで、もしかしたら暴動が起きたんじゃないかと思わされる惨状だった。

暴動を起こすべきは今なのに、と、私は市庁舎の駐輪場で、ひとり、市民運動をおこなっている人物のことを思い起こしながら、そう嘆かずにはいられなかった……、現実には暴動など起こす元気もないまま、やんわりとシャッター開けっぱなし街と化したのだろう。

「今でこそこうですが、ウェルテルタウンが公開された際には、この商店街も活気を取り戻すこと請け合いでございます。目抜き通りどころか、生き馬の目を抜くような繁盛が既に見えております」

うまいこと言うじゃないか。

適当なことを言っているとも言えるが……、しかし、この分じゃあ、刃物研ぎも銭湯も、開店休業状態だろう。リストカット自殺の名所ということで、私はこの商店街に突撃取材に来たはずだが……、これでは取材相手がいない。

「ええ。その二軒に限らず、店主のかたがたは現在、他市、他県へと、出稼ぎに行っております。出稼ぎと言いましても、大抵は家族共々。単身赴任など、時代ではありませんからね」

だからそれを夜逃げと言うのでは……、いよいよとなったら彼ら彼女らを呼び戻す算段はついているということだろうか。

「この商店街が復興した暁には、ウェルテル銀座と命名する予定となっております」

なぜ昭和のセンス。

全国にどれだけ銀座と名付けられた通りはあるのだろうなんて、どうでもいいことを考えかけて、しかし、この安楽商店街は極端だとしても、シャッター街自体は、銀座と名付けられた通りどころではなく、日本中に満遍なく点在しているはずだ。

不景気や不況、他にもいろんな理由が考えられるだろうけれど……、夜逃げができるならば、それはそのほうがいいのかもしれない。少なくとも安楽市が推奨するような、自死を選択するよりは……。

その後、ウェルテル銀座（仮称）を一通り歩いてみたものの、開いている店は正真正銘一軒もなく（時間帯にもよると生前は言っていた。どうだか）、ただのウォーキングになってしまった。モナコ公国的に言うなら、F1カーでぶっ飛ばしても人身事故が起きそうにない商店街だったが、それでも、自転車進入禁止のルールがあるらしい。それを守ったところを見ると、やはり市庁舎での違法駐輪は、私に反対派の地元住民を見せないための配慮だったようだ。

その後、将来的にはフリースクールを開設する予定地でもあるというキャンプ場を見せてもらって（ここについては特記事項なし。元々、飛行場だったエリアに、たくましく生えていた雑草によって成立した大草原風の広場としか、作家の表現力をもってしても言いようがない）、最後に、できればビッグ5の最後のひとつ、服毒自殺とバーター契約を結んでいるという市民病院で締めたいところだったが、残念ながら本日は定休日とのことだった。

定休日？　市民病院が？

「ええ。見くびっていただいては困ります。こんな辺境でも、働きかた改革はおこなわれているのですよ、言祝先生。市立安楽病院は、隔日営業です」

不確実だろう。

そりゃあ医療費はタダに決まっている、そんな市民病院。

「むろん、急患は別ですよ。先生ももし体調を崩された際には、遠慮せずに病院に向かってください。ああ、でも、一一九番に電話をすると、隣の市の病院に連れて行かれてしまうのですが」

救急車に信用されてない。

教育も医療も、事実上崩壊しているわけだ……、無償どころか、雲散霧消である。折角臓器を提供しても、この分じゃあ、適切に移植してもらえるとは思えない。ウェルテルタウンの開業までには、そこら辺の医療体制も整えるということだろう。

故郷の限界集落っぷりと、町おこしの不謹慎っぷりと、いったいどちらに頭を抱《かか》えるべきなのか、考えるだけで死にたくなった。

にもかかわらず生きて帰途につけたのは、民宿ピラミッドの夕飯だけが今日の楽しみだったからだ。つまるところ朝から一日かけて、市内全域を自転車で駆け回ったわけだし、気が付けば昼食抜きの強行軍になっていたから、おなかはぺこぺこである。食欲が湧《わ》いて湧いて仕方がないとは言いにくい行程ではあったが、それでも人は、食べねば生きていけない。生前は終日平然としていたが。他人の絶望を食って生きているのかもしれない。

ともあれ、自殺スポットのスタンプラリーを完走できたわけではないが、概《おおむ》ね、安楽市の全容は把握できた。二十年分の時差は、どうにかアジャストした……、そうは言ってもあんな雄弁なコンサルタントは口だけなんじゃないかと、淡い望みも抱いていたけれど、生前の奴、思いのほか実行力も伴っていやがる。

むしろハッタリは控え目だった。

象徴的な塔を建てて、ドブ川を清流に整備し、樹海の植樹で環境汚染をして、割れ窓の商店街ともコラボして、医療も手中に収め……、今更私が何かをしても、もうこのムーブメントは止まらないんじゃないのか？

いやいや、諦めるな。

駐輪場でひとり、デモを起こしていた善良な市民のことを思い出すのだ。明日こそは病院を訪ね、院長に真意を問いただし、また実現すれば、他市に逃亡した市長へのオンラインインタビューをおこなう手筈《てはず》になっているけれど、どこかで隙間を縫って、あの運動家と接点を持たなければならない。

連帯しないと。

市庁舎の裏手に回れば、いつでも話を聞けそうにも思えるが、生前のテリトリー内で会うのは、あまりうまいやりかたとは思えない。取材に来た身として、公平に反対派の意見も聞いてみたいという正論が、あの男にどれほど通じるかどうかと言えば、かなり怪しい。あの男と同じくらい怪しい。

口八丁で遮られたり、そこまで露骨でなくとも、取材の場に立ち会われてしまいそうだ。それでは腹を割ったディスカッションはできない。

そうなると、どうにか自力で運動家の住所を突き止めて、菓子折を持って訪ねなければならないのだが……、あの商店街のどこで菓子折が手に入るだろう？

折れるのは心くらいのものだ。

いっそのこと、急がば回れの精神で、トンネルの向こう側まで自転車で買い出しにいこうか……、などと、考えるともなく考えていると、出し抜けに、ノックもなく部屋の扉が開けられた。

いくらホテルマン業務に慣れていなくとも、喪中ならお膳《ぜん》を脇《わき》に置いて、事前の声かけくらいはするだろう……、だらしなくくつろいでいたのを取り繕えはしないだろうが、驚いて、うつ伏せの姿勢から飛び起きるようにそちらを見ると、そこにいたのは巨大なラジカセを携え、巨大なヘッドホンを装着した宇宙人だった。

もとい、黒髪ロングのお隣さんだった。

昨日のようなネグリジェではなかったが、しかし部屋着という意味では似たり寄ったりの、甚平だった。

またぞろ部屋を間違えたのか？

と、思ったが、彼女はぶら下げた巨大ラジカセを引きずるようにしながら――背丈《せたけ》があるので、実際にはぎりぎり、引きずっていない――ずかずか、部屋に這入ってきた。侵略者、つまりエイリアンのように。

割としっかり目があったと思ったのだが、垂らした前髪で横たわる私の姿が見えていないのか、そのままでは踏まれそうだったので、私は慌てて身をよじる。

実際、さっきまで私の腰椎《ようつい》があった辺りを、彼女の裸足が当たり前みたいに通過した。腰を狙うとは……。そのままの速度を緩めることなく壁際まで進んだかと思うと、エイリアンはぐるりとターンし、その場に沈み込んだ。

挙動がいちいち、フィギュアスケーターのようにキレがいい――実際には洋室に行儀悪く、あぐらをかいただけなのだが。

え？　何？　すごく怖い。

なんだっけ、餓飢童？　餓飢童きせき？

もしかして昨日とは逆に、疲れ果てた私のほうがうっかり部屋を間違ってしまったのかと思ったが、しかしそれはない。置きっぱなしにしてある私のボストンバッグが、ここが『憂鬱の間』であることを証明している。

狼狽《ろうばい》する私に、彼女はラジカセの停止ボタンを押してから、

「小説家の先生」

と、呼びかけてきた。

「なんでしょ？　人類」

人類呼ばわり。

どうして知っている、と言いたいところだが、それとは別の疑問もあって、ふたつのクエスチョンマークが喉《のど》のあたりで衝突する。

つまり、私は餓飢童も小説家だと、それも生前に招待された小説家だと鋭く推理していたのだが——その言い草だと違うのか？　彼女が恋愛小説家、または時代小説家であったなら、私のことを『小説家の先生』みたいに、持って回った呼びかたはしないだろう。

小説家は小説家を先生だとは思っていない。

「答えてよ、小説家の先生——答えてくれると、きっといいことがあるよ。仲居さんから聞いた。オマエ、小説っていう、映画の素材を書いているんでしょ？」

「…………」

小説家じゃないどころか、この子は読者でもないな。

活字離れもここまで来たか。

宿帳に記した私の個人情報は、どうやら支配人の喪中――餓飢童は『仲居さん』と言ったが――から漏れたようだ。責められない、私も餓飢童の名前を、同じ情報源から得ている。

「うん、そうだけど……」

真意のわからない質問を投げかけてくる餓飢童から、いつでも逃げられるように中腰に構えながら、私は好奇心に負けて、質問を返す。

「……そういうきみは何者なんだい？　ここに何をしに来たんだい」

「ボクは歌姫だよ。歌姫・餓飢童きせき。歌うために生まれてきた。そしてここには」

通りのよい声で、彼女はそう自己紹介した。歌うように――ここに何をしに来たと訊いたのは、この部屋に何をしに来たという意味で訊いたのだが、果たして餓飢童は、この町に来た理由を、続けて答えてくれた。

ウェルテルタウンに来る理由など他にないだろうとでも言いたげな即答で、音に乗せて。

「自殺するために来た」

第四冊　プレイリストににぎやかに

1

恋愛小説家、もしくは時代小説家だとする私の予想はかすりもしていなかった。

歌姫。

小説家とはむしろ対極に位置する華やかさである。だから巨大ラジカセを持ち歩いていたのだと言われても得心しがたいところだし、そもそも、歌姫とは具体的には何だ？　裸足だから歌姫だとでも言うのか？

その質問には、夕飯を運んできてくれた喪中が答えてくれた。今から思えば、喪中が私に餓飢童の個人情報を漏らすときの初めて会った小説家に対するそれとは違うテンションの高さ、熱の入りようは、伏線だったのかもしれない。そういう性格なのだと思ってスルーしてしまっていた。

「すごいんですよー、餓飢童さんは！　公開した動画が、アップロード当日に百万回再生されちゃうような人気歌手なんでーす！」

なるほど。

動画配信系の歌うたいか。

小説なんて書いている時代の遺物が、ぴんと来なかったわけだ……、言われてみれば、そんな若年寄でも、何かの媒体で、かすかに聞いたことも、そして見たこともあるような気がしなくもない。

「代表曲の『デッド・キャット・バウンス』なんて、もう一億回再生、いっちゃってるんじゃないですか！　たぶんわたしひとりだけでも百万回視聴しちゃってますもん！　大型映画のエンディングなんかも歌いまくっちゃってるんですから！」

映画の素材を書いている小説家の先生としては、こうべを垂れずにいられない実績だ。スマホで検索すれば、若い支配人のバイアスがかかっていないプロフィールを入手できるだろうが、さすがに本人を目の前に、検索はしにくいな……。

正直、こうして間近で接しているると、そんなカリスマ性は皆無で、有名人オーラは見えないのだが……、それはこっちがスタンド使いじゃないだけの話だろう。

「そんな人に会えるんだから、わたしも安楽市に来た甲斐がありましたよー。楽しみですー、ウェルテルタウンが本格始動するのが！　そのときは、はやってるラーメン屋さんみたいに、色紙を壁にびっしり敷き詰めちゃいまーす！　あ、食べ終わったら、いつでも声をかけてくださいねー」

ミーハーなことを言いながら引き際はよく、膳を配置すると喪中はすすっと部屋から退去した。無邪気なものだが、あの人はいったい、生前から、どのくらいＲＩＰサービスの内情を聞かされているのだろう？　私としては、もうちょっと長居していただいてもぜんぜんよかったのだが……、宇宙人改め、恋愛小説家ａ．ｋ．ａ、ネットの歌姫とふたりきりにされても。

　正体が割れても、未だ正体不明みたいなものである……、喪中がまくしたてている間も、ずっとあぐらの姿勢で、ラジカセをがちゃがちゃいじり続けていたし。違う次元で生きているような浮世離れだ。

「ごはん、おいしいよね。あの人の作る」

と、餓飢童がいきなり話しかけてきた。

　前置きも前振りもない。

　組み立てがなっていない。

「ボク、料理ってぜんぜん興味なくて、三食宇宙食って感じなんだけれど、ああいう手料理を食べられたら、悔いなく死ねると思ったよ」

　三食、宇宙食を食べているの？　本当に宇宙人じゃないか……、ゼリー飲料とか、カロリーメイトとか、そういう意味かな？　なんで翻訳が必要なんだ。小説家の才覚を、そんな形で生かしてどうする。

　自殺小説に生かしたいわけでもないが。

「悔いなく死ねるって……」

「言ったでしょ？　ボクはこの町に死ににきたんだから」

「……自殺志願ってことかい？」

おそるおそる、私は問いかけた。それはもっとも恐れていた可能性だ。小説家だろうという、思えば何の根拠もなかった勝手な思い込みを強化させたのは、この子が、一足早くやってきた自殺志願者であってほしくないという、私の願望である——しかし、

「志願はしていない」

と、餓飢童は言う。

「依頼されたんだ。ナママエから」

ナママエ？

翻訳できない宇宙語かと戸惑ったが、すぐに、生前のことだとわかった。そうだ、小説家じゃなかったからと言って、餓飢童が私同様に、生前に招かれて安楽市にやってきて、民宿ピラミッドに宿泊しているという事情は変わらない。

ならば、町おこしのためのテーマソングでも依頼されたと考えるのが順当なように思えたが——自殺を依頼された、だと？

「なんて言ったっけ……、ウェルビーイング効果？」

「ウェルテル効果、だろう」

ウェルビーイングは『よりよく生きる』だ。ウェルテル効果とは、ほとんど反対の意味合いである。

「そうそれ。さすが小説家の先生。映画の素材を書いているだけのことはあるね。ひょっとして字幕版も手がけてる？　ボクも昔は、作詞とかしたもんなんだけど、言語感覚がなってないらしくって。それで小説家の先生にお願いしようと思ったんだ」

ん？　何か話が飛んだぞ？　言語感覚がなってないと言うより、この子、単に会話が下手なのでは？

「生前さんに、自殺を強要されたって話じゃなかったっけ？」

「強要じゃないよ。依頼。ボクに何かを強要できる人間なんて地球にはいない」

強要された自殺はタブーだと、生前本人も言っていた……、だが、強要と依頼はどう違う？　思い起こしてみれば、その辺り、生前は言葉を濁《にご》していた印象もある。

「なんか知らないけど、ボクがこの町で自殺をしたら、よくわからないけど、そのウェルテル効果っていうので、意味不明だけど、ファンがいっぱい後追い自殺をしてくれるんだって。だからカリスマとして、この安楽市の人身御供《ひとみごくう》になってほしいって、頼まれちゃって」

2

小説家が小説を書かないというポピュラーなリスクを考慮して、保険に他の小説家にも声をかけておくというリスクマネジメントは、しかしあくまで出版業界限定のものであり、私の視野が狭かったと言わざるを得ない。町全体をコンサルティングするような広い視野の持ち主ならば、別ジャンルからのウェルテル効果を狙うのが、むしろ常道である。

ゲーテの著した『若きウェルテルの悩み』で、後追い自殺が続出したというのは、いわばウェルテル効果の原点である。『あからさま』が、昔は『ほんの少し』という意味だったようなものだ。むしろ現代においては、ウェルテル効果は、実在の有名人の自死という悲劇が、フィクションではなく現実に起きた際に、言及される心理学なのだ。

だから有名人が自殺した場合、ウェルテル効果の発生を封じるために、自殺とは言わず、『極端な選択』と報道する流れもある……、その拡散性は、小説の影響で人が自殺するとか、悪影響で犯罪に走るとか言うより、よっぽど実際的な出来事である。

つまり生前は、小説家である私に原始的なアプローチを望む一方で、いわゆるインフルエンサー、影響力の強い動画サイトのカリスマ歌姫に声をかけたのだ。

町のテーマソングを作ってもらうためではなく——先陣を切ってウェルテルタウンで、自殺してもらうために。

「え……、いや、もちろん断ったんだよね？　餓飢童さん。そんなたわけた依頼は」

「断らなかったからボクはここにいる。ふたつ返事で引き受けたよ。歌姫として、ボクもそろそろ、次のステージに行きたかったからね」

「次のステージって……」

「天国？　地獄？　どっちでもいいけど。異世界転生でもいいな」

異世界転生は知っているのか。

一瞬、この宇宙人に『新本格とは何か』のレクチャーをしたい衝動に駆られたが、さすがに私も弁えている。映画原作者として、または犯罪小説家として。

犯罪と言えば……。

「いやいやいやいや、餓飢童さん。自殺の依頼なんて、頼むほうも頼まれるほうも、罪に問われるんじゃないの？」

「その辺はナマエがうまいことまとめるでしょ。まとめられなくても、ボクはその頃には死んでいるから関係ないし」

自殺の強要……、ではないし、幇助とも、これは違うか？　そもそも日本では、自殺自体を刑事罰に問うことはできなかったんじゃなかったっけ。遺族に金銭が請求されるのは、あくまで電車を止めたりしたことによって生じる、実質的な損害賠償であって……。

「餓飢童さん、もし悩みごとがあるって言うんだったら……」

「悩みごとはないよ。悩む脳みそがない。言ったでしょ？　ボクは自殺志願者じゃないって。死にたいわけじゃない」

このあたりは宇宙語もなく、ただ明白な事実を説明しているような態度の餓飢童だが、こっちはこんがらがってきた。

ネット社会で祭り上げられた若きカリスマが、音楽活動に行き詰まりを感じて苦悩し、誰も自分を知らないようなゴーストタウンで、自ら命を絶とうとしている――と言うようなストーリーなら、受け入れがたいと同時に受け入れやすいのだが、なんだこの、『頼まれたからやるだけ』みたいな、無気力さは？　からっぽみたいな手応えのなさだ。

いや、初対面も同然の私に、自殺する動機を話してくれるとは思えない。きっと本当は深い理由があるはずなのだ。そうでなければ。

「一日あたり百万回再生のプレッシャーに耐えきれなくなったんだろう？　わかるよ。僕は世代が違うから、動画サイトっていうのは不見識なんだけれど、文学界にも『１００万回生きたねこ』っていう作品があってね――」

　少しでも歩み寄ろうと、私は名作絵本に言及した。血なまぐさいミステリーと違って、生きることの素晴らしさが伝わるかと思ったのだが、あらすじを聞いた餓飢童は、垂らした前髪の向こうで眉《まゆ》を顰《ひそ》め、

「猫の平均寿命を、成猫になるまでの三年と、相当短く見積もったとしても三百万歳ってことになるけれど、その頃、生物学的にイエネコっていたの？」

　と、素朴な疑問を呈《てい》してきた。

　わかりあえねえ。

　犯罪小説ならまだしも名作絵本の芯を喰うな。

　しかし、私も話しながら内容を思い出したが、あれは最後に猫が死ぬ話だった。生きることの素晴らしさを説いてはいない。

「整理させて欲しいんだけど――餓飢童さん。きみは歌姫なんだよね？」

「そう。ボクは歌姫。歌うために生まれてきた」

　照れもせずに、かと言って誇らしげでもなく、事務的に肩書きを告げるように、餓飢童はこくりと頷いた。

「投げ銭くれたら、一曲歌うよ」

　投げ銭？　時代小説家ではなかったが、時代劇は観《み》ているのだろうか……、昔の作品も配信されているしな。

　じゃなくて、ネット版のおひねりみたいなものか。

　しかしどうあれ、歌わなくていい。

「言うなら成功者なわけだ。大成功者なわけだ。そんな奇妙な性格のままでいることが許されるくらいには。誰もがなれる立場じゃない。きみみたいになりたくて、なれない人がたくさんいる。そうだね？」

「反論が一個あるけど、まあそうだよ。何が言いたいの？　小説家の先生」

「そんなカリスマが、どうして自殺するのかわからないって言いたいんだ。プレッシャーや才能の枯渇が原因じゃないっていうのなら……」

「別にぃ。生きてるってコスパ悪くない？」

　ラジカセのボタンを順番に押したり、アンテナを伸ばしたり縮めたりしていた指をつかの間外し、餓飢童は私の前に並べられた夕食を示した。

「定期的にごはん食べなきゃ死んじゃうでしょ？　寝なくても死んじゃうし。つまり人間っていうのは、基本的に死ぬようにデザインされてるじゃない」

　論点をずらされているのか、真面目に言っているのか、前髪で見えにくいアンニュイな表情からは判断がつきづらい。わかったのは、この子が自殺志願者じゃないことくらいだ。少なくとも、私がイメージするような自殺志願者じゃない。

　にもかかわらず、生前が選んだ『若きウェルテル』実写版って役どころが、ばっちりはまっている気はするよ。

　自殺小説の大家として、私を令和のゲーテに指名したように、餓飢童きせきにも、令和のウェルテルに選ばれた理由が、つまりあるのだろう。カリスマとか歌姫とか、そういうポピュラーな肩書きではない、根本的な死生観みたいなところに……。

「……ちなみに、一個ある反論って何？」

「聞いてくれるんだ。優しいね、小説家の先生。確かにボクは、我ながら呆《あき》れ返《かえ》るほどのカリスマだよ。誰もがなれる立場じゃない。だけど、誰にでもなれる立場だよ」

これが反論、と、彼女は手をラジカセへと戻した。

そしてどういう意味のある行為なのか、子供が玩具《がんぐ》で遊ぶように、カセットテープを出し入れする。カセットテープなんて久しぶりに見たな……、その物珍しさに興味を持って行かれそうになるが、ぎりぎり留まる。

「誰にでもなれる？　生前さんの前じゃ、言ってはならない謙遜だね」

「ああいう人類が一番よくわかってるでしょ。カリスマもヒット作も伝説も、プロデュースででっち上げるもんだって。ボクはボクにしかできないことをやっているけれど、でもボクがいなければ、他の誰かがやってただけってこと」

「……いい音楽を作っても、必ずしも評価されるとは限らないみたいな話？」

「ぜんぜん違う。ちゃんと聞いて。これは役割分担の話。天才じゃなくても天才の役は演じられるってこと。カリスマの役もね。メイクと加工と編集でどうにでもなる。このラジカセだって、レトロなファッションアイテムとして持たされてるだけだからね。使いかたはさっぱりわかんない」

だからがちゃがちゃやっているのか、さっきから。

ヘッドホンも、どうも無音のようだ。音漏れしないと思ったら。

つまるところ、それがプロデュースということか？　ネグリジェやら甚平やらの奇妙な外見やアンニュイな性格は、カリスマゆえのものだと思っていたが、むしろカリスマ化させるための演出だとでも？

「……ねえ、小説家の先生。仕事で死ぬのがそんなに変？　ボク、楽曲を提供した映画は絶対観るようにしてるんだけれど、命を捨てて死地に赴く人類達は、とても格好良く描かれていたよ。恋人のために、死を選ぶ人類もいた」

「それは映画だからね。フィクションなんだよ」

「現実は違うの？」

「違うよ」

「本当に？　本当の本当の本当に？」

念を押されると、詭弁が崩れる。

それは建前なんだという建前が壊れる。

そうだ、たとえ現実でも、命がけで戦う人間を、あるいは命をなげうって人を愛する人間を、私達は格好いいと思ってしまう。

リスクを冒して世界一高い山頂を目指す挑戦者に拍手をする。半裸で殴り合ったり投げ合ったりする格闘家に声援を浴びせる。戦場に旅立つ恐れ知らずの兵士にエールを送る。未知の病気が跋扈《ばっこ》する地域に乗り込む献身的な医療従事者に涙を流す。火災現場に飛び込む勇気ある消防士に喝采《かっさい》を上げる。危険に満ちた真空へと飛び立つ偉大な宇宙飛行士を称賛する。

死ぬかもしれないのに。

そういう命がけと、自殺は似て非なるものではあるものの……、しかしそんな風潮を突き詰めると、世のため人のためになる自殺ならば、許容されるという論調になりかねない。自殺は駄目でも自己犠牲は美しい？

周囲の迷惑になる、親しい人を悲しませる自殺ではなく、周囲のためになる、親しい人が誇らしく思うような自殺は、許されるのか？

大義があれば死んでもいいのか？

まずいな、怪しげな町おこしコンサルタントならばまだしも、隣の部屋のカリスマ宇宙人に、論破されそうになっている。

大人なのに。

ただ、私自身、小説内で人が死ぬのをエンターテインメントとして読んできたのも事実だし、書いてきたのも事実だ。

「ボクはそういう理由で自殺するわけじゃないけれど、嫌なことがあったら、人類は死んでもいいんじゃないの？　なんで駄目って言うの？　意地悪？　死にたい人に生きろって言うのは、いじめじゃないの？」

どうして自殺しちゃいけないの？　安楽タワーの屋上でも考えてしまい、結局、屋上屋を架すように、棚上げした問いだが……。

「いいことがあっても、それで自殺してもいいんじゃないの？　人生がプラスマイナスゼロなら、プラスのうちにさっさと死んじゃったほうが、賢明じゃない？　人生がだいたいわかったら、早めに切り上げるっていうのもありでしょ？　なんて言うんだっけ、小説家の先生？　セミリタイア？　ファイアだっけ？」

「……きみ、何歳？　人生がだいたいわかったって言うほどの齢には……」

「人間の年齢で言うと、十八歳」

わかっ。

別の意味で狼狽してしまう。ほぼ初対面みたいな十八歳の女子と、さして広くもない部屋にふたりというシチュエーションは……、ああでも、このほど、十八歳は成人年齢になったんだっけ？

きみの倍くらい生きているけれど、まだまだ僕には人生わからないことだらけだよと言うべき局面かもしれないが、これもやはり、詭弁である。

本質から逃げている。

今の自分が惰性で生きていないと、本当に言えるか？　手癖で生きていないか？　人生が完全に理解できたとは言わないが、『だいたいわかった』感じというのは、三十路《みそじ》を過ぎたあたりで、なかったわけじゃない。『だいたいわかった』は、だいたいわかった。

少なくともどこかで、これ以上上はないなという感覚はあった。移り変わる世相を見ていると、それは勘違いと言うか、思い上がりであり、一種の諦めでもあるはずだけれど……、祭り上げられた歌姫ならば、それ以上に悟ってしまったとしてもおかしくはない。

おかしくなっても、おかしくはない。

「……だけど、もしもきみが自殺したら、一億人のファンが悲しむことになるんだよ？　悲しむだけじゃなく、心に深い傷を負うことになる」

通算一億回再生は、一億人が観たわけじゃなく、のべ一億回という意味だというのは承知の上で（喪中がひとりで百万回観ても、百万回再生だ）、説得のロジックとして、私がそう言ったら、

「どうだろう」

と、餓飢童は首を傾《かし》げた。

「ファンのみんなは、ボクが自殺したら、格好いいって思ってくれるんじゃない？　その辺の理屈はボクには難しいけど、動画の再生数が、軒並み十倍以上に跳ね上がると思うよ」

ぐうの音も出ない反論をされてしまった。

生前との会話の中で、太宰治や芥川龍之介、ジェイムズ・ティプトリー・ジュニアの自死を、神格化するような配慮に欠けた表現があったことを思い出しつつ……、実際、カリスマの死は神格化されるからこそ、ウェルテル効果が生じるわけである。後追い自殺をしないにしても、もしも餓飢童が人気絶頂の今、自ら命を絶ったら、そこに何らかの物語性を見出すファンは少なくなかろう。

ひとつ上のステージ……、か。

絶頂期に引退するというプロデュースの、拡大版みたいな……。

「だけど、そんな風にきみを崇《あが》めてくれるファンの、相当数が後追い自殺をするかもしれないんだよ？　そのことについてどう思う？」

して、嫌な気分になる質問だった。論破するためだけの反論だ。ミステリーが原因で犯罪に走る子供がいたらどうするんですかという質問を、そのままカリスマ向けに置き換えただけに

過ぎない。

　だが、餓飢童は動揺もしなかった。

「そんなに愛してくれたことを嬉しいって思うんじゃないのかな。いや、思えないか。そのときにはもうボクは死んでるわけだし。だけど、この『死んだらおしまい』って考えかたも、怪しいよね」

「さっき言ってたけど、天国とか地獄とか、異世界転生とかを、まさか本気で信じてるってわけじゃないんだろう？」

「さあ？　本気っていうのが何かがわからないし、疑う理由はないと思うけど？」

「…………」

　天国のパラドックス。

　天国の存在を信じるかどうか？　信じる者しか天国に行けないとして、その天国に行けば、完全なる幸福が得られる。無限の幸福だ。ならばたとえどれほど天国の存在する確率が低くても、期待値が無限大である以上、信じる価値があるという考えかたである。

　あろうとなかろうと、そんな打算的な考えかたをしていたら、天国への扉は閉ざされてしまいそうな気がしないでもないが……、確かに、死後の世界がないことを、私はこの目で確認したわけでもない。

「……実の家族は？　家族は悲しむんじゃないの？」

「家族はきっとわかってくれるよ。ボクの遺産がごっそりいくからね。死後も継続的に。この話は終わり」

投げやりに、しかし有無を言わさず話を打ち切られた。家族の話はしたくないようだ……、それもプロデュースの成果なのか、あるいは成れの果てなのか、『温かい家庭で愛情一杯に育ちました』って感じの十八歳では、確かにない子だ。

家族を持ち出せば思いとどまらせることができるんじゃないかというのは、我ながら浅薄な発想だった。

小説家失格の思惑である。

迷惑と言ってもいい。

家庭や人間関係が充実していれば自殺なんて考えないはず、というのも雑なくくりであり、逆に、周囲との絆《きずな》がなかったから自殺したんだという分析も、第三者からの無責任極まるそれではある。

ただ、遺産という言葉は気になった。

遺産――財産。

「おいくら？」

「ん？　何が？　投げ銭？　それでは聴いてください。餓飢童きせきで、『デッド・キャット・バウンス』」

「じゃなくて、自殺するって仕事を、餓飢童さんはおいくらで請け負ったんだい？」

これは正直なところ、興味本位の質問だったかもしれない。作家の悪い面が出てしまった。好奇心丸出しだ。命に値段をつけること自体、社会的に許されることではないけれど、ひとつの心理テストとして、人間は自分の生命に、いったいいくらの値段をつけるだろう？

ウェルテルタウンを抜きにして考えるなら、こう問いを改めてもいいかもしれない。あなたはいったい何億円もらったら、五年後に自殺してもいいと思えますか？　生涯収入の十倍か？　二十倍か？

いくらもらっても自殺なんてしたくないという答がもちろん一般的で、かつ正解だろうが、しかしだらだら長生きするよりも、凝縮した五年間で太く短く、豪遊したいという考えかただってあるだろう。

逆の理屈の立てかたもできる。

一億円もらえれば、寿命を何年分売れる？　十億円なら？　百億円なら？

「意外だね。小説家の先生にとって、仕事っていうのはお金なの？」

餓飢童は本当に意外そうに言った。

投げ銭を求めておきながら。

「お金なんてね、こうして小説家の先生と話している今も、じゃんじゃん口座に振り込まれているよ」

一日あたり百万回って再生えぐいな。

仮に一億円で成約しているのであれば、一億一円払えば破談にできるという浅はかな皮算用もあるにはあったのだが、そうは問屋が卸さないか。まあ、どのみち、私はカリスマを買収できるほどの資産を持つ大富豪じゃない。

しかしそれほどではないにせよ、私もたまたま、お金がすべてだと思わずに済む、ラッキーな人生を送らせてもらってはいる……、そうでなければ、生前とは既に、本契約を結んでいるだろう。本気の取材旅行になっているはずである。

だから気になるのだ。

生前はいったいどうやって、この宇宙人を口説き落としたのだ？　いくら国から助成金が出ているとしても、限度があるだろう……、親でも人質に取られているのかと思ったけれど、家族の話はもうしない約束だ。

「ただ」

「ん？」

「ロハって言うのかな、小説家の先生の世代だと。一円ももらってないよ、ナママエからは」

え？　一円も？

ドルや仮想通貨でもらっているという意味かと思ったが、否、あらかじめ『ただ』と言われている……、安楽市の学費や医療費と同じく、無料だと言うのか？

自分の命が無料だと言うのか、この子は？

「そう、ボクの命はお金じゃない。ナママエがボクに提示したスカウトの条件はひとつだよ。自殺の方法を、ボクに決めさせてくれるってこと。そこで指図も、口出しもしないってこと。安楽市の範囲内で自殺してくれるなら、ボクは独創性を発揮していいって」

「……自殺の方法？」

飛び降り。入水。首吊り。リストカット。服毒——のビッグ5。変わり種の爆死——そして、本来はハラキリの予定だった、未定の七番目。

「誰もしたことがないような死にかたがしたいって、ボクは、ずっと思ってた。オリジナリティのある生きかたができなかったから、せめて、オリジナリティのある死にかたをしたい。死にたいんじゃなくて、死にかたを選びたい。死にかたを決めたい。そのためなら死んでもいいって——そう思っていたら、ナママエは、ボクの自殺を、七番目の自殺にしてくれるって、そう約束してくれた。小説家の先生の向こうを張って、あえて現存する言葉で言うなら、曲死《きょくし》かな」

曲死。

歌姫ゆえにとでも言うつもりか？

言っておくが、曲死はそういう意味じゃないぞ。

だが、餓飢童相手にその条件を提示した生前のコンサルティング能力は、遺憾ながら、認めざるを得ない。死にかたを選べるというのがウェルテルタウンのコンセプトだとして、その選択肢のひとつを創設できるという提案は、無料でありながら値千金である。費用対効果が、天国を信じるがごとく、無限大だ。特に、己のカリスマ性を、『誰にでもなれる立場』と理解している十八歳に対しては。

くそう、道理で思わせぶりなわけだ。

七番目の自殺スポットは、私の滞在中に決まるかもしれないというあの振りは、つまり、一両日中に餓飢童が、この町で曲死するつもりだってことじゃないか。

「小説家の先生。ボクの考えた新しい自殺を、みんなが真似《まね》してくれたなら——後追いをしてくれたら、それはきっと、嬉しいなんてものじゃないよ」

そのために生まれてきたんだとさえ思う。

3

この子を思いとどまらせるのは無理だなと思わされてしまった。土台、私はプロの交渉係ではない。本気で死のうと思っている人間の自殺を、妨げることはとても難しい。このようなケースでなくてもだ。勢いで挑んでしまったけれど、むしろ刺激的なことを言って、背中を押すことになりかねなかった。どころか、このまま話し続けていると、精神的に消耗してしまって、死にたきゃひとりで勝手に死ねと、思ってもいないことを言ってしまいかねない。

売り言葉に買い言葉である。

殺し文句でもある。

それは極端にしても、このままでは引っ張られて、私が死にたくなってしまう。先送りするわけではないが、ひとまず話題を変えよう――と言うか、そもそも、餓飢童にとっては、それが本題のはずである。

「それで……、僕にお願いって何？」

そういう話だったはずだ。

本日の餓飢童は、部屋を間違えたわけではなく、何かお願いごとがあって、言祝寿長を訪ねてきたはずである。

「うん。ボクのお願いをきいたら、きっといいことがあるよ」

生きていたらそのうちきっといいことがあるよ、みたいなリズムでそう前置きをしてから、果たして餓飢童は、

「小説家の先生に、書いて欲しい文章があるんだよ」

と言った。

書いて欲しい文章？　なんだ、何を言われても動揺しないように覚悟を決めていたが、思いのほかまともなお願いが来たじゃないか。

てっきり、これまで誰もしたことがないというオリジナリティあふれる自殺の方法を一緒に考えてほしいとか、そうでなくとも手伝って欲しいとか、そういう依頼だと思っていたが……、文章だって？

「そう。得意でしょ？　映画の素材を書くプロなんだから」

この若者に、小説家という職業に対する認識を改めさせるのは、簡単ではなさそうだ。まあ、ぜんぜん的外れというわけでもないさ。

「ボクはね、そういうのはからっきしで。何を書いても、どこかで聞いたことがあるような文章になっちゃうんだ」

「……昔は作詞したもんだとか、言ってなかった？」

「昔はね。今はしてないね。作詞家の先生が書いた歌詞を、作曲家の先生の書いた曲に合わせて、振りつけ師の先生の考えたダンスを躍りながら、歌うだけだね。それっぽいことをしたときも、適当なハミングをスタッフに書き取ってもらう形だったね。楽譜を見ても、楽譜であることくらいしかわかんないね」

ふむ。

楽譜が読めない音楽家もいるっていうのは、そう言えば聞いたことがあるな。それが必須条件じゃないということは、なんとなくわかる。ソロのシンガーソングライターがコレオグラファーまで兼ねるというのは負担がでか過ぎる。しかし私としては、曲がりなりにもそれを仕事にしているのだから、得意じゃないとは言えない。唯一の取り柄と言うべきでさえある。

「つまり、作詞の依頼？」

「ぜんぜん違う。ちゃんと聞いて」

いちいち否定が強いぜ。

言ってみたものの、小説の文章と楽曲の歌詞を書く技術は、あるいはセンスはまったく違うものなので、そうでないことは私もわかっていたけれど、プロの歌うたいに全否定されると軽くショックである。

それはさておき、本当に会話が下手だ、この子は。

「じゃあ何を書けばいいんだい？　いや、まだ引き受けるとは言っていないけれど……」

「遺書」

と、餓飢童は言った。

「小説家の先生には、ボクの遺書を書いて欲しいんだ。自殺の手段に関しては、実はもう素案があるんだけれど、けれどそれに添える遺書のほうが、どうも、先日からてんで決まらなくてね。添え物みたいに言っちゃったけれど、どんな素敵な自殺をしても、遺書が間抜けだったら、伝説にならないでしょ？　死後にボクの遺書が公開されたとき、学がなさそうだなって思われるのって、やっぱりちょっぴり嫌なんだよ。遺書いじりが怖い」

「………」

ウェルテル効果を生む小説の執筆を依頼された直後に、今度はカリスマ歌姫の遺書の執筆を依頼されようとは。直木賞を受賞しても、こんな引く手あまたにはならないだろう……、大きな仕事が次から次に舞い込んで結構なことだ。

作家としてのピークを迎えている。

「……作詞のプロじゃないのと同様に、私は遺書の代筆を専門ともしていないけれど」

遺書の代筆は、法律家のやることだったはずだ……、遺書と遺言書は別か？

「小説っていうのの、登場人物が書く遺書だと思って執筆してくれればいいよ。魅力的なヒロインが書く遺書」

いちいち寝間着で、巨大ラジカセを片手に登場してあぐらをかく登場人物が、果たして魅力的なヒロインかどうかはともかくとして、それを言われると、弱い。自殺小説の大家は、これまで作中に、さまざまな遺書を書いてきた。

遺書に関しては実績がある。

最近はそうでもないかもしれないけれど、一時期、推理小説と言えば犯人の手記だという時代もあったのだ。それに、広い意味では、ダイイングメッセージだって、遺書みたいなものである。だとすれば推理作家は、遺書を書くプロみたいなものだ。

一流の道はすべてに通じるとでも言うのか、ミステリーどころか小説が何かも知らない割に、さすがカリスマ、勘所はしっかり押さえてくる。

魅力的な犯人ではあるかもしれない。

この先、毎年二万人を殺害する犯人。

「……書くと思う？　僕が、昨日会ったばかりで、よく知りもしない女の子の遺書を。極論、きみが本当に歌姫かどうかもわからないのに」

「疑うならナマママエに確認すればいいよ。ここで歌ってもいいけど。でも、動画向けに編集してもらわないと、本人証明にならないかな。デジタルな歌姫は、生歌じゃパスワードが違いますってね。書くと思うなあ、小説家の先生は。だって、小説家の先生なんだから」

「？　いやいや。きみの言う通り、たとえ百億円積まれたって、書きたくないものは書けないのが……」

「書くよ、ボクと同じで、オマエは、無報酬でも。だってその遺書は、日本中の人に読まれることになるんだから。あらゆるメディアで、あらゆる媒体で、あらゆる場所で、あらゆる時間に、センセーショナルに読まれることになるんだから」

映画化されるかもしれない。

と、餓飢童は淡々と言った。

淡々と……、しかし、バラードのように。

歌うように。

「ボクの自殺を、人類が大々的に報道し、賛否両論に話題にし、侃々諤々《かんかんがくがく》と喧々囂々《けんけんごうごう》、百家争鳴に議論百出する。そうやって語られるときにその遺書は、画面いっぱいに映し出されて、朗読されることになるんだよ。小説家の先生が、本当に小説家だったら、そんな大勢の人類達に読んでもらえる文章を、書かずにいられるはずがない」

そして餓飢童は立ち上がり、これで用は済んだとばかりに、その高身長を利用して、はるか高みから宣告する。

「締め切りは二十四時間後。間に合わなかったら、白紙の遺書が掲載されるので、落とさないでね、小説家の先生」

原稿も、命も。

第五冊　オンブズマンとひややかに

1

死にたい。

この町唯一の楽しみだった民宿ピラミッドの食事すら、砂を嚙むような味しかしなくなってしまったし、その後も朝までほとんど眠れなかった。寝て起きたらすべて夢だったらよかったのだが、そもそも眠れなかったのだからそんな淡い希望も持てない。

全盛期にもしたことがないような厳しい締め切りを、若手の頃にもしたことがないような無報酬で提示されたショックから、一晩かけても立ち直れなかった。

あんなアンニュイな雰囲気を一貫させておきながら、ぜんぜんこっちの都合を考慮せずに、自分の言いたいことだけ押し通して帰っていったあたり、ウェルテル効果を期待されるカリスマ歌姫という感じだった。

惚《ほ》れ惚《ぼ》れする押しの強さである。

あるいは若さなのかもしれない。ジャンルは違えど、ああいうアーティストを見ると、本当にもう、己はロートルなのだと思い知らされる。

時代遅れで、夢も見られないリアリストだ。

とは言え一応、リアリストとしては、有名人詐欺の可能性も考慮しなければならなかったので、スマホで慣れない操作をして、動画配信サイトで『餓飢童きせき』を検索した。隣の部屋に音漏れしないように、布団の中で丸まってだ。動画配信サイトどころか、これじゃあ中学生の頃の深夜ラジオの聞きかただが、その甲斐あって真偽ははっきりした。

疑惑が深まったとも言えるかな？

メイクと加工と編集と言っていたけれど、動画配信サイトで表示されたＭＶに映る餓飢童は、まるで別人だった。

否、別作品だった。

ジェネレーションギャップも、小説のことを映画の素材扱いされた恨みもあって、まあまあ斜に構えて視聴したのだけれど、気が付けばいつの間にかリピート再生させられていた。もっとでかい画面でみたいとさえ思ったし、安楽市のか細い回線で、たまに生じるディレイに本気で苛《いら》つきもした。

民宿ピラミッドにwi-fiは飛んでいない。

代表曲だという『デッド・キャット・バウンス』だけ聴けば十分だろうとたかをくくっていたのだが、眠れなかったこともあって、朝までに公開されていたＭＶをほぼ全曲視聴してしまった。なんだか、状況だけ切り取れば、動画配信サイトのフィルターバブルに嵌《は》まって、翌日締め切りの仕事をぶっちした奴みたいになってしまった。

ちなみに、ネグリジェや甚平は、寝間着でも部屋着でもなく、ステージ衣装の勝負服だったようだ。確かではないけれど、『ナイトウェア』と『ナイトメア』をかけているらしい。あんなだらしない服装でも、画面を通してみれば様になってしまうのだから、優秀なスタッフに囲まれている。

勢いあまってＳＮＳなども見回ってしまったが、こちらは本人の呟《つぶや》きみたいなものはほとんど見当たらなかった。謎のベールに包まれた、神秘的な歌うたい――徹底して、そうプロデュースされている。

ううむ。マジでこの歌姫と、あの宇宙人が同一人物？　遭遇した順番が逆だったら、これは信じられなかったかもしれない。カリスマ性にあてられていない時点で、本人と会っていてよかったと言うべきか……、否、どちらにしろ、会ってしまったことが災難だ。

来るんじゃなかった、こんな町。

成人式も同窓会もスルーしたのに、こんな若年寄になってからのこのこ里帰りなんて、血迷ったとしか思えない。

ウェルテル効果を狙った、安楽市のご当地小説というだけであれば、それを私のところで保留させ、他の作家のところに持って行かせず、引っ張るだけ引っ張っておけば、そのプランを死に案にすることもできるんじゃないかとセコいことも考えていたけれど、いざ取材に来てみれば、町おこしコンサルタントのＲＩＰサービスはかなりディープなところまで進行していたし、それどころか、あんな隠し球があったとは。

こうなれば、私の小説なんてなくっても、あのカリスマがこの地で自殺したという事実さえあれば、芋を洗うように観光客が押し寄せるんじゃないだろうか？

しかもその遺書の執筆を依頼されるなんて。

小説家の性と言うか、業みたいなところを的確に突いてくる……、百億円積まれようと小説家は、書きたくないものは書かないけれど、しかし百億人に読まれると言われたら、心の揺れない小説家はいまい。

さすが、再生数の世界で競っているだけのことはある。本人は、プロデュースと空席状況次第でカリスマの座には誰でもつけると、割り切ったようなことを言っていたけれど、やっぱり、特殊な人達の特殊な世界なんだと思うよ。

その遺書に関しては、私が書かないことで進行を止められるというものでもない。カリスマ歌姫の自殺となれば、遺書がなければないで、謎めいた死として伝説化されるという見方もある。

最高に意味深長じゃないか。

絶頂期の彼女がいったい何に悩んでいたのか？　どう苦しんでいたのか？　憶測が憶測を呼ぶだろう。

実際には、『頼まれたから死ぬだけ』という、己の命をゼロ円と考えている彼女の、人生に対する執着のなさが根底にあるだけなのが真相なのだが……、人にも生にも、興味がない。文才がないので遺書がうまく書けないと、スランプ中の作家みたいなことを言っていたけれど、たぶん書けないのは、文章化できるような『自殺する理由』など、彼女にはこれっぽっちもないからだ。

つまり、宇宙人からの通信内容、もとい、歌姫からの依頼内容を精査すると、『ボクが自殺するそれっぽい理由を創作して』というオーダーになるようだ。

死にたい。死にたい。死にたい。

だらだらぐずぐずするという小説家の得意技が使えなくなった。使ってもいいが、意味をなさなくなった。真っ白な遺書が掲載されるとか、無茶苦茶厳しい編集者みたいなことを言っていた。

そう言えば、生前が私の仕事場でプレゼンしたとき、自殺博物館——美術館だったか——に、額装した著名人の遺書を展示する、とかなんとか言っていたけれど、餓飢童の遺書も、そこに展示されることになるのだろうか？　あるいは白紙の遺書が。

待てよ。二十四時間でそれが書けなかったからと言って——もう締め切りまで、残り十二時間になろうとしているが——、それで即座に彼女が、独創性あふれる、第七の自殺を試みるというわけではないはずだ。

だからウェルテルタウンの本格始動まで、時間的猶予は——違う。そうじゃない。餓飢童を自陣に引き入れた生前没後郎の手腕は確かにお見それしたが、しかし彼とて、天衣無縫な歌姫をコントロール下においているとは言いがたい。

彼の立場であれば、別ルートのプランである彼女と私に接点を持って欲しくはなかっただろうし、七番目の自殺スポットの、内容の変更を余儀なくされたことも、いい変更だとは言いつつ、しかしその時点では苦渋の判断だったに違いない。

今日が何月何日かを把握しているかどうかも怪しい餓飢童が、生前の綿密なスケジュール通りに自殺してくれるなんて、彼はもう期待してさえいないだろう。私の滞在中に七番目の自殺が決まるかもしれないという振りは、思わせぶりでも無茶ぶりでもなく、町おこしコンサルタントの極めてリアリスティックな読みだったに違いない。

優遇されてやがるぜ、ＶＩＰは。

ＲＩＰサービスのＶＩＰサービスと言ったところか……、そんなわけで、私にはもう、残された時間が非常に少ない。死期が迫るように締め切りが迫って来る。

遺書を書くにせよ書かないにせよ、今日中に目処《めど》をつけなければ、この安楽市がウェルテルタウンに地方再生されることを、止められなくなる。ただ協力を拒むだけではない、起死回生のアイディアが必要だ。それが何かはわからないけれど、部屋で蹲《うずくま》っていて、解決策が閃くことはなさそうである。

行動を起こそう。

昨日、別れ際に生前と打ち合わせてあった本来のスケジュールは、本日は、昼過ぎから市民病院を視察し、他の建設中の自殺スポット——飛び込み用の線路など——を巡ったあと、もしかしたら夕方頃に、市外逃亡中の市長にオンラインインタビューができる、という組み立てだった。つまり午前中はフリータイムになっている。

「わたくしがずっと張り付いてアテンドしてもよいのですが、ツアーには自由行動も必要でしょう。おひとりで気兼ねなく、ウェルテルタウンをお見回りください。ただし、事故にはくれぐれもお気をつけて」

事故ではなく自殺なら、ご自由にしてもらっても構わないと言わんばかりの気遣いだったが、この隙を逃すわけにはいかない。市民運動をおこなっている反対派の地元住民と接触するなら、この午前中である。

市役所の駐輪場という、生前のテリトリーで会うのはまずかろうと頭を捻っていたが、今やそんなことは言っていられない。こうなれば、堂々と反対派に取材しよう。後ろめたいことなどこちらには一切ないのだから。

まあ、正直、あの地元住民と話したからと言って、事態が好転するとはとても思えないほどの苦境なのだけれど、この切羽詰《せっぱつ》まった状況下では、他にすることが見当たらない。

逃げるか、死ぬかくらいしか思いつかない。

逃げるのは二十年前にもうやったし、死ぬのは最後の手段だ。

生前にほのめかされているからというわけではなく、餓飢童がオリジナル自殺を敢行する前に、私が安楽タワーから飛び降りるなりなんなりして、『ウェルテルタウン最初の自殺者』の名をほしいままにするというプランが、実は、あるにはある……、ミステリー作家特有の裏の取りかただが、カリスマ歌姫は、まさか犯罪小説家の後追い自殺なんてしないだろう。ぼーっとしているようでいて、かなりプライドの高い宇宙人と見た。

プロデュースされたカリスマゆえの、独創性へのコンプレックスも高い。

問題は、私が命をかけてまで、この故郷を守りたいと思っているわけではないということだ……、餓飢童の代わりに自殺しなければならない理由も見つからない。小説に登場するヒーローだったら、これが取るべきトリッキーな選択肢かもしれないけれど、残念ながら、私はその書き手である。

だから粛々《しゅくしゅく》と取材するのみだ。

なに、諦めるのはまだ早計である。

もしかしたら、あの反対派の地元住民が、画期的な一発逆転の大作戦を胸に秘めているかもしれないじゃないか。実はあのキャンプ場には石油が埋まっているんですよという極秘情報を明かしてくれる可能性を捨ててはならない。

そんなこんなで、私はこのままいつまでも横になっていたいという気持ちを振り払って、朝早くから、民宿ピラミッドを出発することにした。朝食分の料理は昼食として食べるので、昼に作ってくださいと、喪中に頼んでおこう。ホテルマンにノーはあるまい。

こんな朝早くからデモ活動に精を出しているとは限らないけれど、まあ、さっさと出発したいという考えもあった。隣の部屋の宇宙人と顔を合わせ、原稿を……、もとい、遺書を催促されたくない。

「あー。言祝さーん。ちょうどよかったでーす」

階段を降りたところで、そこにいた割烹着姿の支配人に声をかけられた。しまった、もう朝食の準備が整ってしまったか。

どうしよう、ラップをかけて冷蔵庫にしまっておいてもらえば、昼までくらいは持つか？でも、おいしい料理はおいしいうちにいただきたい……、だが、まだ一条の光明すら見出していない精神状態で食しても、砂の味しかしないのだし……。

そんな風に、私があれこれ逡巡《しゅんじゅん》していると、喪中は、

「言祝さんにお客様がいらしてましたよー」

と。

予想とはまったく違う用件を告げてきた。

お客様？

生前は、いわば私と喪中の共通の知り合いなわけだから、そういう呼びかたはしないだろう……、だが、私は他に、この町に知り合いはいないはずだぞ？　故郷ではあるけれど、昔の友達なんてひとりもいない。

もしかして、私の原稿を、東京から取りに来た編集者だろうか？　いやいや、私の原稿にそこまでの価値はない。私の原稿にそこまでの価値を見出しているのは、遺憾なことに、生前と餓飢童だけだ。

「すみません。正直、心当たりがありませんが……、どんな人でした？」

「中肉中背のかたでしたー」

「なるほど」

「まだお休みのようでーすって言ったら、名刺を置いて帰られましたよー。その気があるなら、書かれている住所まで来るよう伝えて欲しいとのことでしたー」

その気があるなら？　妙な誘い文句である。

警戒しながら、私は来訪者が託していったという名刺を受け取り、おっかなびっくり、その内容を確認した。

そこにはこう記されていた。

活動家
管針物子《くだはりぶっこ》

意外だろうが、私の全身が総毛だったのは、堂々と表記された活動家という穏《おだ》やかではない肩書きのほうではなく、そのありきたりな名前のほうだった。

管針物子。

失礼、ありきたりな名前は言い過ぎだったが、しかしそれは、私にとって、知っている名前だった。もっと言えば、心当たりそのものの名前だった。

そうだった、うっかりしていた。

昔の友達はいなくとも。

元カノがいるんだった、この町には。

2

「どうせそんなことだろうと思ってはいたけど、コトブキ、あなた、私のこと完璧《かんぺき》に忘れていたでしょう」

「何を言うかと思ったら。ちょうど今日、俺はお前に、朝一で会いに行こうと計画していたところだよ。サプライズが台無しになってしまって遺憾の極みさ」

大枠で嘘《うそ》はついていない。私は心の底から偽りなく、朝一番で会いに行くつもりだった、市庁舎の駐輪場で座り込みをおこなっている活動家に。

ただ、その活動家が中学時代の元カノだと気付いていなかっただけで……。

「私は一目で気付いたわよ。あのふざけたタワーの屋上でふらふらしている奴は、間違いなく同期の桜の唐変木だって」

ふらふらしていたかどうかはともかく、私が市庁舎の屋上から駐輪場を見下ろし、幟を立てた市民運動家に目を留めたとき、向こうからも見られていたというわけだ——私の唐変木ぶりを差し引いても、女性であることさえわからなかったあの距離で、気付けと言うのは無茶だと反論したいところだが、向こうはちゃんと気付いたのだから、それは難しい。そんな特徴的なシルエットではないつもりだが……、中学生の頃の体格を維持してもいないし。

「まあまあ、誰にでも起こりうる行き違いはあったようだけれど、何はともあれこうして合流できたんだから、再会を祝おうじゃないか」

「言祝だけに？」

ねめつけられる。

そうそう、この目だ。睨《にら》まれてしまえば、これ以上なく鮮やかに思い出せる。私はこの目がとても苦手で、そして、有体《ありてい》に言えば愛していた。

愛と言っても中学生の愛だ。

結局、指一本触れることなく別れることになった。この別れというのが本当に酷い別れだったので、今の今まで、思い出がなかったことにされていたというのが真相だろう。

　不誠実ゆえに忘却していたわけじゃないと主張したい。と言うか、まだこの町に物子が住んでいると知っていたら、故郷がウェルテルタウンにされようがどうしようが、私は帰ってこなかった。

「なんでまだいるんだ？　お前」

　こわっ。

「殺すぞ」

　中学生のメンタルのまま大人になっている。

　しかし、言祝だけにかどうかはさておき、どうにかして秘密裏に接触したかった地元住民が、元カノだったことは僥倖だった。いや、元カノが座り込みをおこなう活動家に変貌していたことが僥倖かどうかは大いに議論が活性化するところかもしれないけれど、少なくとも、生前のテリトリーである市庁舎の駐輪場で、彼女にアポなしの突撃取材をせずに済んだのは、この逆境の中、首の皮一枚繋がる出来事だったように思う。

　昨日、駐輪場からタワー屋上にいる私を目撃した物子は、その後、地元民らしい草の根ネットワークで宿泊施設を突き止め、それこそ朝一番で、訪ねてきたという流れだ。生前に斡旋された民宿ピラミッドも、そういう意味では完全な中立地帯ではないので、物子は喪中に、自宅の住所が書かれた名刺を渡して早々に引き返したのだった。

　活動家として、自宅の住所がバレてしまっていいのかと、一瞬心配したけれど、よく考えたら住民票を置いているのだから、そもそも物子の住所は市役所側にはバレバレなのだ。個人情報を保護する意味がない。

というわけで、私は現在、安楽タワーという飛び降り自殺用の施設ではなく、物子が暮らす一軒家、管針家にお邪魔していた。

子供の頃、何度か遊びに来た家だ。

ここに来るまでの道中で、廃校になったという中学校と小学校の跡地も見かけた——跡地と言うか、もう整地されて跡形もなかったけれど、確かにあそこに、私が通っていた学《まな》び舎《や》があったはずだ。

つまり、タワーの上からでは見つけられなかったかつての己のテリトリーを、私はようやく発見したということである。

管針家は、ずっと人が暮らしていただけあって、しっかり原形が残っていた。民宿ピラミッドも、リフォームされているとは言え、空き家だった時期が長いだろうから——人が住まないと家が傷む。

町も傷む。

人あっての町だ。

「ご両親は？」

「死んだわ。ふたりとも。それ以来ひとり暮らし。コトブキのご両親は？」

「存命だよ。さすがにもう、一緒に暮らしちゃいないけどね」

「ふうん。今、何やっているの？　正直、コトブキが存命だったことに驚いている。最初、自殺用のタワーに立った幽霊かと思った。化けて出たのかと」

「小説を書いて暮らしている。言っておくが、ゴーストライターじゃないぜ」

「あーあー。よく読んでたわよね。小説」

さすがに隣の部屋の宇宙人と違って、小説が何かは知っているらしい。

活動家ほど意外な進路じゃなくて申しわけない。

「図書室の本、全部読んでたものね」

「話が大きくなっているぞ……」

「そう、小説家とはね。それで納得いったわ。あなたもあれから大変だったのね。責めるようなことを言って悪かったわ。だからやむにやまれず、生前なんかの口車に乗って、悪だくみに参加してるのね」

「……ん？」

あれ？　もしかして元カノから私は、貧窮にあえいで、生前のＲＩＰサービスに協力しているみたいに思われている？

そうか、でもそういう理解になるか。

私は、駐輪場でひとりで座り込みをおこなう地元住民が元カノだったことに驚いたが、元カノからすれば、死んだと思っていた元彼が悪の手先として町に舞い戻ってきたのだから、納得できるストーリーが必要だろう。

ただ、小説家のイメージが悪過ぎる。

小説家イコール清貧ではないぞ。少なくとも清ではない。

「いや、物子。俺は別に、お金に困って生前さんに従っているわけじゃ……」

「いいのよ、言い訳しなくとも。昨日、コトブキを見かけてから、私も調べたのよ。安楽市を滅茶苦茶にしてくれたあのインチキコンサルタントが、この上いったい何を目論んでいるのか……、私にも情報網があるから」

活動家っぽいこと言ってるぜ。

そして、当然だが、生前に対する敵意が強い。

「それによると、あの男、何やら変なご当地小説を販売しようとしてるとか、ウェルダンがどうとか……、要するにインチキコンサルタントは、あなたにそれを書かせようとしているんでしょう？」

ややあやふやながら、極秘裏に進められているRIPサービスの内容に、たった一日で肉薄しているのは大したものだ。侮れないぜ、草の根ネットワーク。ただ、それは仕方のない誤解だとは言え、私が生前側の人間だと思われるのは心外である。特に物子からそう思われるのは心外である。

「見たことない？　平積みとまでは言わないけれど、俺の著作が、書店に並んでいるのを」

「書店がもう並んでないから。安楽市のシャッター街には」

そうだった。

そしてそれに関して言えば、安楽市に限った話じゃない、本の町・神保町《じんぼうちょう》でさえ、いまや安泰ではないのだ。

「そう言うお前は、どうしてたんだ？　物子。確かお前の中学生の頃の夢は、気象予報士だったはずだ」

「私のことを忘れていたのに私の夢を憶《おぼ》えているのはどういうことなの？　ちょっと前まで公務員だったわよ」

「ほほう。堅いね」

「あの市庁舎に勤めていたのだけれど、アホな改築が始まったから辞表を叩きつけてやったのよ。そのあとは、両親の遺産をこつこつ資産運用して、どうにかこうにか、インターネットでデイトレードってわけ」

　おお、すげーな。

　動画配信のカリスマ歌姫に、勝手にジェネレーションギャップを感じていたけれど、ネットリテラシーみたいなものは、単純な世代差で語れるものではないようだ。同い年の元カノが、デイトレーダーとは……、駐輪場で座り込むにしても、ほとんど人のいない市庁舎を相手取っていて虚《むな》しくならないのかなんて、くだらない心配をしていたが、その間、スマホで運用ができているなら、退屈する暇もないだろう。

　ただ、現職よりも前職の、市庁舎勤務の公務員というのが、ポイントである。その辞職こそが、たったひとりのデモ活動に直結しているのだろうから……。

　先述の情報網というのもそこに根差しているのか？

「物子。情報交換をしないか？」

「ん？　プレゼント交換？」

「違う。今日はクリスマスじゃない。クリスマスだってそんなことをした思い出はないが……、お前も、最初から、そのつもりで声をかけてきたんだと思うけれど……、いや、俺は生前の仲間として帰還したわけじゃないんだ。むしろ逆で、あいつの企画を叩き潰すために里帰りをした。俺はあの男のために小説を書いたりしない」

真摯《しんし》に申し出たつもりだったが、思い切り疑わしげな視線を向けられた。ああ、この目でもある。中学時代もこういう目で見られていた。前髪をたらして、決して私と目を合わせようとしなかった歌姫とは対極だ。

「どうなのかしら、果たして信じていいのかどうか。彼女に黙って夜逃げするような男の言うことを」

「こんなことを言っても何の言い訳にもならないかもしれないけれど、俺がこの町から逃げたのは、昼だ」

「マジで言い訳にならない。私は情報交換とかじゃなくて、単にコトブキに、説教してあげようと思っただけなのだけれど。でも、そんな気も失《う》せたわ……、デリケートだった中学生の頃の私の胸がすくくらい、十分不幸になっているようだから」

「小説家であることは、別に不幸じゃないよ？」

「情報交換と言ってもねえ。二十年以上この町を離れていたあなたが、ずっとここに根を張って耐えてきた私に提供できる情報を、お持ちとは思えないわね」

スパイシーな意見だが、その通りだ。一方的に市庁舎の内部情報を欲していると思われても仕方がない。どころか、私は情報以上に、救いを求めているところもある。この逼迫《ひっぱく》した状況を打破する一発逆転の大作戦を秘めているんじゃないかと期待して、市民運動の主と接触しようとしていたのだから。

ただ、提供できる情報が必ずしもゼロというわけでもない。たとえば物子は、私の隣室の宇宙人の存在に関しては、まだ把握していないようだった。

彼女を軸にした、最新のウェルテル効果も――第七の自殺も。

その他にも、昨日一日の取材の成果を伝えることはできる。伊達に生前に、町中を連れ回されたわけじゃない。物子も数々の自殺スポットを、仮想の自殺志願者として、実体験してはいまい。

いわば生きた情報だ。死にたいが。

「オッケー、わかったわ。しようじゃない、取引を――手早くね。私がいつまでも駐輪場に現れないと、それはそれで生前が不審がるかもしれないし」

確かに、いつも幟を立てて座り込んでいる地元住民が、今日に限って来ていなければ、疑惑のきっかけになりかねない。究極、私はもう、反対派へのアプローチを隠すつもりはなかったけれど、活動家のほうには、また違う事情があるだろう。

私は先日、町おこしコンサルタントがアポイントメントを取って仕事場を訪ねてきた日のことからの出来事を端的に語り、そして物子は二十年前からこっち、この安楽市がどのような変遷を辿ってきたのかを当事者目線で無感情に語った。

お互いもう大人同士とは言え、油断すると気まずい空気が流れそうな間柄《あいだがら》だったので、なんであれ、話題があるのはいいことだった。たとえそれが、故郷が自殺の名所になるような話題であっても、絶交状態の中学生みたいに押し黙りたくはない。

「ウェルテルタウンにＲＩＰサービス――そして動画配信サイトの歌姫と来ましたか。こんな限界集落には不似合いな、タイムリーで目新しいラインナップじゃないの。株があったら買いたいところね」

すべてを聞き終えて、呆れたようなリアクションの物子だった。その気持ちはわかる。

ああ、いや、私はすべてを話したわけじゃなかった。ここで隠し事をするのも、今更ながら信頼関係を損《そこ》ねるので、ほぼ洗いざらい、取材の成果を明かしたのだけれど、一点だけ、私が餓飢童から、遺書の執筆を依頼されていることは隠した。

隠蔽《いんぺい》したと言ってもいいかもしれない。

別にそれを告げようと告げまいと、どうということもない話ではあるのだが、まあ、ぶっちゃけ、元カノに対して見栄《みえ》を張ったと言うか、恥じた部分がある。二十四時間以内に遺書を書けという理不尽なオーダーを。

そんな不謹慎な申し出を断ることもできず、どころか、小説家として魅力を感じてしまっているという事実を、悟られたくなかった。彼女の中にある小説家への偏見を、これ以上増やしたくない。

対する物子のほうも、私にすべてを話してくれたわけじゃないだろうし、たとえそうしようと思っても、この二十年間のあれこれを、たった数十分で話し切れるものじゃないだろうが……、しかしお陰《かげ》で、おおよそ、この町が辿ってきた衰亡を、具体的に把握できた。

聞いておいてなんだが、聞きたくなかったというのが素直な感想だった。当事者の率直な感想は、部外者である生前から聞かされるのとはまったく違う。図書館の新聞縮刷版などの、客観的な資料を読むのとも違った。

今朝の段階で、もう駄目だと思ってしまっていたけれど、故郷が味わってきた経済的屈辱に比べれば、こんな苦境、まだぜんぜん駄目じゃなかった。

私が死にたいのなら、故郷は死に体だった。

「同級生もご近所さんも、ふと気が付いたらいつの間にかみんないなくなっちゃっていたからね。だいたい、働きに出ていったまま、二度と戻らなくなるのだけど……、お偉方もぼーっとしていたわけじゃなくて、例の工業地帯が潰れて以来、何度も市政を立て直そうとしてきたのだけれど、そのたび、もっと酷いことになっちゃったわ。改革を起こそうとしては失敗し、過去の栄光を取り戻そうとしては失敗していた。挙句の果てに、正体不明の町おこしコンサルタントを招いた市長は、すたこら市外に逃亡した。インタビューをするんだったら、殺しておいて頂戴《ちょうだい》」

「元上司の暗殺を依頼しないで」

オンラインだから無理だし。

「でも、元職員からしても、生前さんの正体って謎なんだな。彼の背景みたいなものが見えれば、そこが計画を中止させる突破口になるかとも思っていたんだけれど……」

残念ながら、または当然ながら、物子はコペルニクス的転回を彷彿《ほうふつ》とさせるような秘策を、着々と水面下で進行させてはいなかった。そんな大それたものがあれば、いまいち効果の疑わしい駐輪場で座り込みをし続けてはいないか……。

「そうね。私はあのコンサルタントを、地獄から来た悪魔だと思っている。何回かじかに話す機会もあったけれど、ぜんぜん話が通じないし、この町おこしが、本気で安楽市のためになると信じている節もある」

損得でやっている風じゃないのは確かだ。安楽市を自殺の名所にすることに対する熱量は、ある種の使命感さえ感じさせる。

「物子。本当に、他に仲間はいないのか？　こんなおぞましいプランを町の全員が認めているとは、とても思えない……、まともな良識があれば、普通に反対するだろう。署名運動が始まるはずだ」

「今話したように、二十年以上かけてじわじわと、しっかりメンタル削られ続けたからね、この市民は。調教済みって言うか、諦めの境地よ」

故郷を遠く離れていた私が、こんな風にのこのこ戻って来るなんてのはお門違いだと思っていたが、ある意味、故郷を離れていたからこそ、そんな真似は許せないという気持ちが、まだ削られずに残存していたのか。

何が幸いするかわからないものだ。何が災いするかも。

「私だって、ぜんぜん意味ねーと思いながら座り込んでいるのよ。だけど一応、この町にも反対派がいたことをビッグデータに残しておこうと思って。みんなが賛成したと歴史的に解釈されたくない。この町のためと言うよりは、後世のためよ。公的な記録に刻まなきゃ。他に二度と、安楽市のような自治体を生まないために」

「それにしては、幟とか、気合い入ってたじゃないか。それは遠目にもありありと伝わったよ」

「ああいう図画工作には凝ってしまうほうなのよ。市職員時代に、2・5次元の沼にはまってね。応援の団扇《うちわ》とか作るのと同じノリよ」

「2・5次元の応援の団扇と同じノリで市民運動の幟を作るな」

でもいい話だ。

この二十年間、物子が絶望の坩堝《るつぼ》みたいな町でただただ消耗していただけではなかったようで、安心した。あるいはそういう趣味があったからこそ、彼女だけは諦念《ていねん》に支配されることなく、たったひとりでも反対運動を続けていられるのかもしれない……、意味がないと思いつつも。

推しの出待ちに比べれば、駐輪場での座り込みなんて、ものの数ではなかろう。

「そうなのかしら。でも、あの駐輪場で座り込んでいるのには、出待ちならぬ見張りって側面もあったかもしれないわ」

「見張り？　生前さんの企《たくら》みを？」

「いいえ、あの男、常駐してるわけではないから。そうじゃなくって、あのタワーから遠からず、地域の住民が飛び降りるんじゃないかって……、観光客用の自殺スポットで、地元住民が自殺したら洒落《しゃれ》にならないでしょう」

「…………」

「ただし、コトブキの話を聞いていると、タワーだけ見張っていても何にもならないようね。あちこちで変な工事をしているのは知っていたけれど、そんなふざけた公共事業だったとは。予想より大規模なのね、ＲＩＰサービスとやらは」

手に負えないわ、と物子は天井を向いた。

反対派から希望をもらおうとして設けた会談だったのに、私がとどめみたいな絶望を持ち込んでどうするのだ。しかし、考えてみれば限界集落改め限界突破集落に、あれだけ自殺スポットを構築しておいて、まだ死者が出ていないというのは、前向きな奇跡と捉えるべきかもしれない。

奇跡……。

「ところで、物子は餓飢童きせきって歌姫、知ってた？」

「知ってると言えば知っているけれど……、詳しくはないわね。私が沈んでいる活動地帯とは若干、沼がズレている。この町に来ていることも知らなかったし、正直、そんな変わり者だとは思わなかった」

「意見が一致して嬉しいよ。ウェルテルタウン一番乗りの自殺者は、どうやらその有名人になりそうなんだけれど、その子の自殺を止める方法ってないかな？」

「自殺する前に殺せばいいんじゃないかしら、そんな奴」

とにかく殺して解決を図ろうとするな。

最近は推理小説でも、そんな簡単に人を殺したりしないよ……、けれどまあ、書きかねないな、私は今でも。

自殺防止のための殺人……、推理小説ならぬ、自殺小説。

ただ、自殺小説の大家として言わせてもらうと、それもそれで一種の自殺なのだ。バンジージャンプで、自分では飛び降りられないから、背中を押してもらう反則技と言うか……、あえて拡大自殺のような凶悪な犯罪に手を染めて、死刑台に送ってもらう、あるいはもっと直接的に、警察官に射殺してもらおうと目論む、受動的な自殺。

『警察による自殺』って言うんだっけ。

殺すほうはたまったもんじゃない。

「直接会って話してないからいい加減なことを言わせてもらうと、コトブキの話だけ聞けば、その子、単なるメンヘラなのだけれど。死ぬ死ぬ騒いで、本当に自殺する奴なんていない……、とは、よく聞くわよ」

「実際には死ぬ死ぬ騒いで、本当に自殺する奴もいるのさ。自殺の予兆にはパターンがある、個人差も。死ぬつもりはなくても、死んじゃうこともあるし」

狂言自殺にもミスはある。

ウェルテルタウンでは狂言自殺は禁止だが、たとえ死ぬつもりがなくっとも、うっかり自殺が成功してしまうことも起こりうる。むしろ、死ぬつもりはなかったのに、死ぬ死ぬ言い続けたために後に引けなくなって、本気で死にたくなってしまうケースもありそうだ。

自己暗示、自己催眠。

だからキャラ作りとかで、あんまり風変わりなことを言わないほうがいいのだ。いつの間にかその気になる。

「聞かせてあげたいね。中学生の頃のコトブキくんに」

その嫌味は聞き流させてもらおう。

大人のコトブキくんなので。

「あの子もカリスマ歌姫としてプロデュースされているうちに、あんなわけのわからん性格になっちゃったんじゃないかと、俺は思うよ。元々素質はあったんだろうけど、周りの大人が育てかたを間違えたんだ。歌姫としては最上級に育ったが、人間としては宇宙人になった。反対派として、自殺者が出るのを防ぎたいという気持ちがあるのなら、ちょうどいい。物子、ちょっとこれから民宿ピラミッドに戻って、彼女に命の大切さを教えてあげてくれないか？」

「気軽に頼むな、自殺志願者の説得を」

物子は首を振った。

「命なんて大切じゃないわよ」

「なんてことを言うんだ」

自分の命をゼロ円だと思っている餓飢童と、それじゃあどっこいどっこいだ。大人なのに。

「私は今のところ自殺したいとは思っていないけれど、いつ死んでもいいとは思っているわ」

うーむ……、ああは言いつつも、物子もしっかり削られているようだ、この町で。昔はそんなことを言う子ではなかった。

中学生の頃の管針さんには見せられない姿だ。

「いっそ誰か殺してくれとも思っている」

「『警察による自殺』の一歩手前だよ、それ」

結託しに来た反対派まで自殺を志願し始めたら、私もいよいよ死にたくなる。

心中になってしまう。無理じゃないほうの。元カノなのに。倫理観を疑われるぜ。

心中を初めて書くときがきたか、この自殺小説家が。

「大丈夫。いつ死んでもいいけど、来月までは死なない。推しの舞台の最前チケ取りできたから。市庁舎に全通してる場合じゃないわ」

　エンターテインメントが元カノを生かしている……、ウェルテル効果の逆みたいなものか。餓飢童の言い間違いから引用すると、ウェルビーイング効果である。

「つまりコトブキ、私から提案できる姑息《こそく》療法的な解決策としては、歌姫ちゃんを何らかの沼に沈めてしまえばいいって案があるわ」

　沼に沈めるって。

　ものすごく悪い案みたいだ。

　が、要するに『趣味を持て』ということか？　かろうじて物子が正気を保っていられるのが、無関係の趣味のお陰なのだとしたら、自殺志願者に対するアドバイスとしては、なんだか一周回って適切っぽい……、自害しようと言うほどに視野が狭くなっているから、遊びとか学校とか仕事とかではない、ぜんぜん関係のない人生の楽しみを見出すというのは、かなり現実的なプランだ。

　だが、現実的なプランを採用するには、あの通り、餓飢童はかなり非現実的な自殺志願者である。そもそも厳密には自殺志願者ではない。志願してはいないし、かと言って強要もされていない。

　自殺業者とでも言うのか、依頼を受諾しただけだ。

「そして、あの子自身が生粋のカリスマであり、パフォーマーであるっていうのが、かなり厄介なんだ。沼側の人間だから。沈めるのが仕事だ」

「どうかしら。パフォーマーはパフォーマーで、どうしようもなく趣味にハマっているものじゃないの？　コトブキだって、自分が小説家だからと言って、自分の書いた小説以外は楽しめないってことはないでしょう？」

それはそうだ。だが一方で、小説家になってからは、それ以前と同じように小説を読めなくなった感も否めない。小説に限らず、エンターテインメントに対して斜に構えないよう心掛けることが、既に斜に構えているとも言える。

自然体を保てていない。

フラットな姿勢で臨めていない。

「俺レベルでそうなんだから、カリスマ歌姫は、他のエンターテインメントなんて全部見下してるんじゃないのかな？」

「劣等感が強いわ」

呆れたように、物子。

「読者だった頃だって、そんなにまっすぐ読んでなかったでしょう、小説を。そんな拗《す》ねたことを言わずに、命の大切さを書いた小説を推薦してやればいいじゃないの」

「『100万回生きたねこ』に突っ込みを入れるような感性の持ち主なんだよ、その子」

「それはあなたのプレゼンがイケてなかったんでしょう。ちゃんと『スペクタキュラー・スペクタキュラー』みたいに紹介したの？」

「してねーよ」

「絵本をあらすじで説明するのがそもそもお門違いもはなはだしいでしょう。絵本そのものを買い与えていれば、歌姫ちゃんだって人間の感情を学習したはずだわ」

それは正論だが、果たして正論の通じる相手かどうかは疑問である。

日本語が通じるかどうかも怪しい。

「だったら命の大切さとかはどうでもいいから、フッーの超絶おもしろ小説を紹介してやればいいでしょう。なんかあるでしょ」

「別れて正解だったって思わせたいのか、お前は」

そもそも、誤解を恐れずに言えば、小説というのは面白いものではないのだ。面白くなさを楽しむものだと言っても、本来、過言ではない。小説を『面白い』というのは、なんでもかんでも『やばい』とか『可愛い』とかで済ませてしまうのと同じ語彙《ごい》の貧困さである。

「『考えさせられる』とか言われたいの？　お高くとまって、そういうことばっか言ってるから廃れたんでしょ」

「廃れてはいない。そういうことばっかも言っていない。第一、あの子、小説を読んだこと自体ないんじゃないかな。楽譜も読めないって言ってたくらいなんだから」

「小説を映画の素材だって言ってたんでしょ？　じゃあ、映画は観るんじゃないの？」

「あ、そうだ。それはそう言ってた。楽曲を提供した映画は絶対観るようにしてるって」

そこは真面目なんだ。

決してプロ意識が低いわけじゃない……、むしろプロ意識の高さゆえに、ウェルテルタウンの第一人者という仕事を、予定通りに果たそうとしている。

自殺に対しても、真摯に最善を尽くそうとしている。

「映像がアリなのだったら、クリフハンガーの洋ドラを延々と観せ続けるという手があるわよ。

一生かけても見きれないほど、今なら配信されてるでしょうし。仕事を忘れて見入らせることができれば、万事解決だわ」

「しかし、死後の世界にも配信サービスがあるかもしれないしな。俺は死後の世界なんて信じてないけれど、もしも天国にいけば、横溝正史《よこみぞせいし》の新作が読み放題だって言われたら、一刻も早く死にたくなるかもしれない」

「その論理はズルくないかしら？　地獄行きでしょ、そのロジック。あー、だったらもういっそのこと、アルコール依存症やギャンブル依存症にして、ごちゃごちゃ難しいことを考えられなくさせるってのはどう？」

「どう？　って。別の理由で自殺しちゃうじゃん。カリスマ歌姫だけど、一応、十八歳の女の子の話をしているんだよ？」

それに、おそらく餓飢童は現状でも難しいことは考えていない。ただ、自殺をタブー視していないだけだ。逆に言えば、本人の中に積極的な、死にたい、死ななければならない理由があるわけじゃない。

だから、仕事を放棄してもいいと思えるほどの推しを見つけさせるという発想自体は、実は目の覚めるようなコペルニクス的転回の名案なのだけれど……、でも、楽曲を提供した映画を観たからこそ、自殺は格好いいものだとか、死後の世界とか転生とか、そういうのを鵜呑みにしてしまっている節もある。

あの子はみんなの心にいつまでも生き続ける、みたいなクライマックスのフレーズを、もしかすると本気にしているのかもしれない。ファンの心に生き続けられるならそれでいいやと思っているのかも。

生きることはコスパが悪いから……。

人生の時短……。

絵本にしろ小説にしろ映画にしろ洋ドラにしろ、あるいは2・5次元舞台にしろ、楽曲を提供でもしていない限り、自ら触れてくれるとは思えない。そういう方向の趣味があるなら、私が強要するまでもなく触れていて、生前の依頼を引き受けたりはしていないはずだ。

ごめんその日はソシャゲの新イベントが始まるから、ボクはまだ死ねないんだとか言って

「……ん？」

待てよ。いや、待つな。

このまま考え続けろ。

そうだ、そういう風に計らえば、大きな課題のひとつは確実に解消できる。それによって小さな課題が複数生まれてしまうけれど、そちらはなんとかなるとして……、なんとかするとして、ただ、それでもなお越えなければならないハードルがふたつ残る。

そもそも可能なのか、そんなことが？

夢物語の絵空事じゃないのか？

生前が語った夢物語よりも、よっぽど夢だ。

そして物語だ。

「……物子。意見を聞かせてほしい。反対派として」

「別に私、安楽市の反対派であって、コトブキの反対派じゃないのだけれど。何よ？」

私は思いついたプランを、元カノに話した。別れ話を切り出すよりも緊張する。厳密には二十年前、別れ話はしていないし。話しながら、やはりこれは夢物語の絵空事じゃないかと、自分でも思った。口にすればするほど、現実感が失われていく。これならまだしも生前没後郎のＲＩＰサービスのほうが、よっぽど実現可能性も、持続可能性もあるように感じた。

「……どう？」

「んー……」

反対派の活動家は、難しい顔をして腕組みをした。唇《くちびる》を噛んで、眉を寄せている。このあとどんな痛烈な批判を受けたとしても、一笑に付されなかっただけ、救われたかもしれない。

果たして物子は、

「あり、だとは思う。ありをりはべりだと」

と言った。

「ありよりのあり？ って言ってくれた？」

「それを面白く言ったつもりだったけれど、そんな驚いた顔をしないでよ。元々、私がけしかけたようなものだしね……、ただし、問題はそれを、あなたができるかどうかでしょう？ だいたい、昨日まで知りもしなかったカリスマ歌姫のために、そこまでしなきゃいけないの？ 瀕死《ひんし》の故郷のためにだって、そこまでしなきゃいけない理由はないと思うわよ」

「それがあるんだよ。そこまでしなきゃいけない理由は。あの子のためにも、この町のためにも。お前に会って、俺はそれを思い出した」

　だからこそ忘れていたとも言える。

　物子のことも、彼女の住所も。

「あっそう。じゃあ私の反対なんて無意味ね。いつもと同じで」

　そのいつもというのは、駐輪場での反対運動を言っているのか、それとも中学時代のことを言っているのか、どちらだろう。

　どちらにしても私は言いたい、どちらも無意味じゃなかったと。

「となると、あとはコトブキが、どれだけ信じられるかにかかっているわね。作家志望の十代とか、まだ展望のあった二十代とかの頃ならまだしも、三十代になってもう長いっていうときに、それでもまだ、そこまで信じられるものなの？　小説の力を」

「られるよ」

　即答した。即答できた。

　小説家の実力不足で救えなかった命があることはわかっている。小説が人を殺すことも、見殺しにすることも、あることだってわかっている。小説家になる前の、十代の読者だった頃から、斜に構えて読んでいたことも否定できない。

　それでも。

「小説家が小説を信じずに、いったい何を信じるんだ。誰が信じてくれるんだよ」

　ウェルテル効果があるのなら。

　ウェルビーイング効果もあるはずだ。

『ダ・ヴィンチ』で知った新刊小説の発売日を、お正月よりも指折り数えて待ったあの日々が、若気の至りの勘違いだったわけがない。

「夢物語の絵空事。それを書くのが小説だって信じている」

第六冊　ベッドサイドストーリーがまことしやかに

1

なりふり構わず接点を持とうとしていた反対派が、あろうことか元カノの管針物子だったお陰で、私は生前の目の届かない、彼女の住まいのリビングで秘密の会合を持つことができた。もっとも、彼が市庁舎を掌握している以上、管針の住所はそもそもバレバレなのだが……、しかし副産物的に、そんな彼女の住所を訪ねたことで、私は、彼女の存在と共に、完全に失念していた中学時代の活動範囲を、期せずして発見することができた。

通っていた中学校や小学校の跡地も。

ならば当然ながら、ミーティングを終えて、民宿ピラミッドに戻る前に、絶対に寄らなければならない場所が一カ所ある。

言祝寿長の生家だ。

私が生まれ育った家。

残念ながら実家とは言えない、もうそこには、名も実もないのだから。はっきり言って、当時の建物が残っているかどうかさえ望み薄だった。これまでウェルテルタウンでは数々の廃屋を見てきたけれど、それらの建物よりも、更に何年も前に、放り出された家屋だ。

風化してもおかしくない。

そう思いながら、今や完全に思い出したかつてのテリトリーの経路検索をする必要もなく、管針家から徒歩五分の、言祝家に辿り着いた。

現存していた。

天守閣の現存より驚くぜ。

私が夜逃げならぬ昼逃げで引っ越したのち、新しい家族に売れたというケースも想定していたけれど、剝《は》がし忘れた『KOTOHOGI』の表札が、そのままだった。実はなくとも、名は残っていたのか……、まさしく名残《なごり》と言った感じだ。

……もしかして、不動産登記上は、まだ両親の所有だったりするのだろうか？　固定資産税を支払い続けているのだとしたら無駄遣いもいいところだが、だとしたら、息子である私が中に這入っても問題なかろう。

現存していたとは言え、これまで見た中で一番の廃屋だったことは間違いなく、今、この瞬間に風が吹いただけで、崩壊しかねない危うさがある。這入っても問題ないと思ったが、問題はあるかもしれない。本来ならばヘルメットが欲しい。防塵《ぼうじん》マスクも。

玄関の鍵は、当然のようにかかっていなかった。管理されているとは思えないし、または二十年前から開きっぱなしなのかもしれない。

家の中も同様だった。

沓脱《くつぬぎ》で靴を脱ぐ気にはまったくならなかったので、そのまま土足で合法侵入したけれど、空き家と言うには、古くなった家具だらけだ。写真で見たことがある、軍艦島のマンション内部みたいだ……、まさかあんな世界遺産級の光景が、生家で見れようとは。

両親としても、いつかは帰ってくるつもりだったから、片付けも荷造りもしなかったということなのだろうか……、そうしているうちに、安楽市が寂れてしまったとか。安楽市がこれからどうなるにせよ、最終的には処分しなければならない家屋なわけだが……、うんざりするような気分になりながら、私は階段を上る。

この階段に比べたら民宿ピラミッドの階段はおろしたての新品だと言いたくなるようなアスレチックをクリアして、二階に到着。もうかなりうんざりしているし、中に這入ったことを後悔さえしているけれど、ここで帰るわけにはいかない。いつ床が抜けるかわからない廊下を歩み、一枚の襖《ふすま》に辿り着く。

その先の和室が、かつての私の部屋だった。

ふすまの落書きは、不法侵入の不届き者が施したものではなく、幼少期の私の作品である。どういう具合なのか、襖はがっちり敷居《しきい》に嵌まってびくともしなかったので、やむをえず、緊急避難的に、室内に向けて押し倒した。

忍者の煙幕か、はたまた侵入者用の毒ガストラップかというくらい埃が舞って、その後、霞《かすみ》がかったように見えてきたのが、懐かしの自室だった。

「うわー……」

タイムスリップでもした気分だった。

一瞬で少年時代に引き戻される。

もちろんここまでの荒廃ぶりと同じく、二十年分の時代が経過しているのだけれど、視認した瞬間、もうこの部屋のことが全部、完全にわかった。学習机も、ポスターも、和室には不似合いなベッドも、そして――本棚も。

すぐにでも駆け寄りたかったが、しかしさすがに衝動よりも危機管理意識が先に立った。少年時代に引き戻されても、私は大人である。雨漏りで腐った畳の上を走って、一階まで落下したくない。

抜き足差し足で到着した本棚も、そこに並んだ本も、コンディションは畳と似たり寄ったりだった。

古本屋に持っていったところで、お金を払っても引き取ってもらえないレベルだ。古紙の日に捨てることすら難しそうである。だが、そんな状態であっても、背表紙のタイトルが日焼けでほぼ消えていても、それらの本のタイトルも、内容も、買った日時さえ、すぐに思い出せた。百回は読んだ本も、なんでこんな本を読んだんだろうという本も、もう手に入らない本も、お願いだから一刻も早く朽ちてくれと言いたくなる本も、ずらりと平等に、分け隔てなく並んでいる。

まあ取り出した瞬間、本棚ごと崩れ落ちるだろうから、事実確認はできないが。こうだと強く思い込んでいた本の内容が、読み返してみたらぜんぜん違ったなんてのは、よくある体験である。

それも含めて読書だ。

書店の減少も手伝って、最近は電子書籍で本を買うことも増えたけれど、こうして古本や古書になるというのは、書籍ならではである。人間と同じで、時代がつくというのは。古本に育つと言ってもいい。

価値があるかと問われれば、図書館や博物館に寄贈できるような遺産ではない。もう読むこともできない負の遺産である。単純な分量でも、今だったら半年もあれば揃ってしまいかねない冊数だ……、電子書籍のセール数回分と換算することもできる。

だけど、血肉だ。この本棚が、最初に、血となり肉となった。だから自分の骨格標本を見ているも同然である。

階段を上っている途中は、生家に立ち寄ったことを後悔さえしていたが、この本棚が見られただけでも、来てよかったと思った。

なんて言うか——初心に返れた。

そう簡単に返れるものじゃない、あの初心に。

初めて小説を読んだ日のことを。国語の教科書を除いてという意味で。

自分のことを、ノスタルジィにふけるタイプだなんてまったく思っていなかったけれど、しかし、そのままいつまでも、この家が朽ち果てるまで、本棚の前で立ち尽くしていそうだった——が。

「おーい！」

と。

階下から、廃墟《はいきょ》にあるはずのない呼び声があった。

おや、ご飯の時間かな？

2

「いやー、ここにおいででしたか、言祝先生。探しましたよ。喪中さんから、こちら方面にお出かけだとお聞きしまして……、民宿ピラミッドで行儀よくお待ちしていてもよかったのですが、嬉しい報告を一秒でも早くお伝えしたく、いてもたってもおられずこの生前、恥を忍んで駆けつけました。喜んでください、本日夜七時より、安楽市の多花井市長へのオンラインインタビューが成立いたしました！」

階下に降りていくと、呼び声の主は生前だった。姿を確認するまでもなかったが、荒れ果てるだけ荒れ果てた廃屋に、ぱりっとした背広姿の不気味な男が立っているのは、これ以上なく絵になっていた。

文になってもいるだろう。

「ですので、本日もなかなかの弾丸スケジュールとなりますが、わたくしも帯同いたしますので、どうぞ存分にご取材ください！」

「……生前さん」

私は言った。

ちょうど座敷童《ざしきわらし》の逆みたいな、怪しい笑顔の男に向けて。

「ここがわかったっていうことは……、やっぱり、知ってたんですね？　私がこの安楽市の出身者だって」

「ええっ⁉　なんてことだ、そうだったのですか！　いえまったく存じ上げませんでした、そんな偶然があるなんて！　先生はてっきり、三代前から東京生まれ東京育ちの江戸っ子だとばかり！」

これ以上わざとらしく驚くことは、どんな大根役者にだって無理だろうというくらいに、生前は仰《の》け反《ぞ》ってみせた。

「しかしこれはまたしても嬉しい誤算です、安楽市の出身者に、安楽市のご当地小説を書いていただけるのであれば、それは望むべくもない理想の展開なのですから！　素晴らしいサプライズです、神はまだ、安楽市を見捨てておりませんな！」

「見捨てられていますよ。そして悪魔に魅入られています」

とは言え、私も悪魔からの誘いを運命じみていると思っていたのだから、間抜けなものだ。自殺行為な町おこしを私が永眠させるとか言って、結局、ＲＩＰサービスに貢献してしまっている。

「もういいんです、生前さん。それより私は、あなたと本音で話したい。化かし合いはもう十分でしょう。それより腹を割って話しませんか」

「ハラキリのようにですか？　困りましたねえ、竹を割ったように身《み》の丈《たけ》を知るこのわたくしを、どうやらお疑いのようです。なぜ言祝先生が、そんな風にお思いになるのか、わたくしのような正直者には皆目見当がつきません。わたくしの日頃のおこないが悪いのでしょうか」

「いい悪いはともかく、常に最善を尽くしていますよ、あなたは。民宿ピラミッドの支配人から聞いたと仰いましたけれど、彼女が把握している私のお出かけ先は、あくまで管針家のはずです。この言祝家跡地ではありません」

市庁舎を支配する町おこしコンサルタントだから、反対運動を続けている活動家の住所を把握しているのは当然、でいい。ならば、その近所に表札のかかっている、言祝家のことも、知っていて何の不思議もない。まだ両親の名で不動産登記されているなら、尚更である。

「なるほど、行き違いの原因はそこにあったのですか！　これは必然的な誤解です。疑われるのも無理はない。いやはや、先生に隠しごとはできませんね。さすが三十代にしてミステリー界の重鎮でいらっしゃるだけのことはあります！　どうか怒らないでいただきたい、熱烈なファンとして、気持ちの悪いストーカーだと思われたくなかったので、どうしても言い出せなかっただけのことなのです。他意はこれっぽっちもございませんでした！　他意のなさでは他の追随を許しませんよ、この生前は！」

白々《しらじら》しいと言うか、悪びれないと言うか……、嬉しいご報告とやらを抱えてこの廃屋に這入ってきた時点で、もはや大してそれを隠すつもりもなかったのだろうけれど、とにかく調子がいい。

調子がいいを通り過ぎて名調子だ。

「わかりますけれどね。わざわざプロフィールで非公開にしているのに、出身地を舞台にした小説を書いてほしいなんて依頼をされたら、私は普通に断っていたでしょうし。……ただ、思わなかったんですか？」

「何をでしょう。わたくしは腹蔵のない男ですから、何も思ったりいたしませんが」

そりゃあ切腹がしやすそうだ。

呆れつつ、私は続ける。

「地元の崩壊を、時間をかけてじわじわと、じかに体感していない安楽市の出身者なら、出身地を自殺の名所にしようなんてコンサルティングに、賛同するはずがないって。よそ者の小説家だからこそ、あなたはそんな依頼をしてきたんだって思い違いをしていました」

「いえいえ、痩《や》せても枯れてもこの生前、出身地で人様を区別するようなお下劣な真似はいたしません。そんな分別のない区別をしたら、お里が知れますからね。自殺小説の大家である言祝先生にならば、個人的な事情に捉われず、ＲＩＰサービスの素晴らしさをわかっていただけると、確信していただけのことでございます」

そう言ってから、

「どうあれ先生は、安楽市にいらしてくださったではありませんか」

と、生前は例のごとく微笑んだ。

その通りだ。私は来てしまった。

二十年ぶりの里帰りを果たしてしまった。

その内心は、小説執筆のための取材などではなく、むしろその逆で、ＲＩＰサービスを叩き潰すためだったけれど、そんなのは生前にとってはどっちでもよかったのだ。

どうでもよかったとも言える。

たとえどういうつもりであれ、ウェルテルタウンに来させて、ウェルテルタウンを見せて、ウェルテルタウンに泊まらせれば、それで大成功だった。

そしてもうひとつ。

宿泊施設でカリスマ歌姫と出会わせれば。

「餓飢童さんに、私に遺書の代筆をするよう入れ知恵をしたんですか？　生前さん」

「入れ知恵なんてとんでもない。有名人の劇的な死に際して、遺書が必要不可欠だというアドバイスは、わたくしのような小物にできるせめてものお手伝いとして、事前に伝えておりましたが……、まさかおそれ多くも先生に直接お願いするだなんて、想定外にも程がございます。しかし、ああいう子ですからね。誰かが自分のために動いてくれるのを、普通のことだと思っている。隣の部屋の初対面の人間が、己の見せ場を盛り上げてくれるのも、当たり前だと思っているのでしょう」

確かに当然みたいに頼んできた。

フォローされるのも、チャンネル登録されるのも、当たり前か……、あんなキャラクター性の宇宙人、生前にさえコントロールできないと思っていたけれど、コントロールはできなくても、コンサルタントはできるわけだ。

考えてみれば、原点と現代、別々のウェルテル効果を狙っているがゆえに、私と餓飢童に本気で接点を持たせたくなかったのであれば、シンプルに、同じ宿を紹介しなければよかっただけのことだ。

たとえ民宿ピラミッドがこの町唯一の宿泊施設だったとしても、事実上機能していないがらがらの市庁舎の仮眠室でも貸してくれれば、私にはそれで十分だった。もしそうされていたら、私は喪中の手料理にありつけなかったわけだが。

そこだけは感謝しないと。そこ以外も。

「私にご当地小説を書く気があろうとなかろうと、餓飢童さんの遺書を代筆するという仕事は、断れるわけがないと踏んだんですか？　動画配信者以上に、あるいは承認欲求の強い小説家なら、断るはずがないと」

ゴーストライターじゃないと物子相手にはおどけたが、しかしゴーストライター以上だな、遺書の代筆なんて。

「小説家の業ですね」

短く、生前は言った。

そうまとめられてしまうとな。

もっとも、単に、あらゆるメディアで公開される遺書になるからというだけの理由なら、まだ断る余地はあった。倫理観や良識が勝利してもおかしくはなかった。ただ、依頼を受けたあと、餓飢童の作品を視聴してしまったのが決定的だった。

餓飢童の作品と言うか。

作品化された餓飢童きせき。

この子の遺書なら書きたいと思わされてしまった――書かずに死ねるか。

引く手あまたで繁忙期かと思ったが、しかし、ルーツを辿れば要するにひとつの仕事だった。

表と裏の両面印刷でしかない。はなから生前は、カリスマ歌姫の遺書というご当地小説を、私に書かせたかったのだ。

そういうコンサルティングであり。

ＲＩＰサービスだった。

「あなたの勝ちですよ、生前さん。私は完全に負けを認めます。ただ、ひとつだけわからないことがあって、それを教えて欲しいんです。ここまでのコンサルティング能力を持つあなたが、どうしてウェルテルタウンなんて、際物めいた町おこしをおこなうんです？　もっと普通の町おこしでも、成功させられるんじゃないですか？　あなたなら今からでも、独創的なゆるキャラを作れるかもしれないし、キャラクタービジネスの新しい展開を作れるかもしれない。なのになぜ、自殺の名所のプロデュースなんて？　成功しても名誉にならないどころか、ただじゃ済まないでしょう、あなただって」

「自殺は完璧な自己表現だからですよ」

てっきり、また調子よくはぐらかされるかと思っていたけれど、生前はこの質問には、すんなり答えてくれた。

「小説を書ける先生や、歌を歌える餓飢童さんには、理解しがたいことかもしれませんが、わたくしを始めとする普通の人間にはないんですよ、自己表現の場も、手段も、ほとんどね。ＳＮＳがあるじゃないかと言われるかもしれませんけれど、誰も聞いちゃくれません、わたくし共の発言など」

生前が一般人を代表して心情を語るのにはとめどない違和感があったが、しかしようやく少しだけ、この男の本心に触れられたような気がした。

少しだけだし、気のせいかもしれないが。

「たとえばですが、反対派の彼女。彼女の声に、誰も耳を傾けません。しかしもしもあのかたが市庁舎の駐輪場で拳銃自殺をおこなえば、その主張をみなが聞いてくれるでしょう」

馬鹿は死ななきゃ治らないなんていいますが。

死ななきゃわからないんですよ、馬鹿共は。

生前は辛辣《しんらつ》に言った。

「言うならば自殺は、生命をかけた声明なのですよ。先生は表現の自由を重んじるでしょう？わたくしも重んじます。自己表現の自由は、誰にだってあるべきだ」

物子は自殺するつもりなんてないと言っていたが、しかし抗議活動の伝わらなさに、虚しさを覚えていたのは間違いない。自殺者が出て、やっと世の中が動き出すというのは、死にたくなるくらい、よく見る光景である。

自己表現……。

「わたくしはこのウェルテルタウンを、そういう場所にしたいのです。このステージに立つためには、名誉も実績も必要ありません。結果的に、わたくしが世間から非難を浴びるようであれば、そのときはこの町で、わたくしなりの自己表現をさせていただきますよ」

ステージ。

一個上のステージ。

「……生前さん」

「生きていればきっといいことがあるなんて、わたくしもことあるごとに言われたものですが、ありませんでしたしね、特に。むしろわたくしには、言祝先生がなぜ、反対派の彼女に共感されるのかがわかりません。確かにわたくしは、先生がこの町の出身であることを存じてはおりましたし、それを軸に執筆を依頼したことも否定はいたしませんが、しかし二十年以上帰ることなく、生まれ育った家もこのように放置していたあなたが、どういった心理でＲＩＰサービスに敵対なさるのか、わかりませんでした。あのとき、即決で執筆依頼を引き受けた先生に、驚いたことだけは嘘ではないのですよ」

あのとき生前は、依頼を引き受けたことではなく、即座に私が町おこしの妨害をすると決意した私に、驚いていたわけか。

うん。

まあ、反対派の彼女に共感したのは、反対派の彼女が元カノだからだと短絡的な説明をしてもいいのだが……、腹を割って話そうと言った以上は、私も本心を語ろう。ついさっきまで、自分でも把握できていなかった本音を……、いくら捨てた故郷でも、ふるさとを自殺の名所にされてたまるかという気持ちの真意を。

何が私を突き動かしていたのかを。

「中学生の頃にね、小学校の頃からずっと好きだった女の子に告白したんですよ」

「ん？　なんのお話でしょうか？」

「ウェルテルタウンプロジェクトに反対する理由です。惚気話《のろけ》ではありませんのでご安心を……、ふたつ返事でＯＫしてくれましてね」

「ＲＩＰサービスに対する言祝先生や餓飢堂さんのように？　惚気話じゃないですか。ハッピーエンドです」

「そしてアンハッピーのスタートです。私は図書室に引き込もっていましたから、学内のコミュニティ事情に疎《うと》くて知らなかったんですが、その彼女、影響力のある上級生の先輩と、公認カップル状態だったんですよ」

なのに幼馴染の私がしゃしゃり出てきたわけだ。

結果、何が起こったか？

普通なら私が振られて終わりのはずだったのに、どうしたことかその彼女は、先輩と別れ、私と付き合うという謎ムーブを選んだ。否、選んでもらった私が、謎ムーブなどと言うべきではないのだが、それ以上の謎は、その後、どんなミステリーでも読んだことがない。

文学的に言うならコキューである。

だが、現実的に言うと、それは裏切りだったり背信だったりした。

「その日から学校中が敵に回りまして。いえ、町中と言うべきですかね。元々、友達の多いほうではありませんでしたけれど、完全に孤立しました。ご存知の通り、この町は昔、近隣の工業都市のベッドタウンだったわけですが……、どうもその先輩、工業都市内の元締めみたいな大企業の息子だったようで、私は商店街で買い物もできなくなりました」

その商店街が今やシャッター街ならぬシャッター開けっぱなし街で、どの道買い物ができないというのは、悪趣味な皮肉のようである。

「これ以上事態が悪化しないうちにと、一家で夜逃げすることになりました。いや、昼逃げでしたけれど……、親も関連企業に勤めていましたから、私の幼い恋愛感情の巻き添えを食わせて、この家を捨てさせてしまったわけです。お詫《わ》びにも償いにもなりませんが、なので十年後、両親には家を買ってプレゼントしました」

「大袈裟《おおげさ》に話されています？」

「あなたじゃないので」

先輩としても惚れた弱みがあったのか、被害が及ばなかった物子には別れを告げる暇もなかったが、あの速度で逃げてくれた両親には本当に感謝している。ああいう状況下において、誰もが実行できるかどうかはともかく、ほぼベストな判断だった。被害妄想ではないと断言できるが、馬鹿馬鹿しいことに、あのままだったら殺されていてもおかしくなかった。

あるいは……。

親に家を買うというのは子供の夢だが、しかしそれは、親が家を持っていなかった場合の話だ。親が己の器量で購入した持ち家を私の不始末で捨てさせたという負い目は、たとえどんな豪邸をプレゼントしても、ぬぐえるものじゃない。

自分の子供のお陰で持ち家を放棄する羽目になり、町を追放されるというのが、どれほど彼らのプライドをずたずたにしたかと思うと、めまいがしそうだ。

「ははあ。でもよかったじゃないですか、今はそうして、立派な作家先生であられるわけですし。成功してしまえば、いじめられっ子だった過去なんて、ちょっとした武勇伝でしょう。大企業の御曹司だというその番長の子にしても、工業地帯の崩壊によって、すぐに失脚したでしょうし」

心ないこと、または心にもないことを生前は言う。

御曹司はともかく、番長というのは少し違う。

いいとこの家の子であった彼は、生徒会長も務めるような優等生で、どちらかと言うと私のほうがワルだった。授業をサボって図書室に立てこもるアウトローだった。今になって振り返ると、物子の謎ムーブは、ワルに憧《あこが》れる、少女漫画のムーブだったのかもしれない。それが現在、彼女のはまっている沼に繋がっているのだとすれば、どこで何がリンクするか、わかったものじゃない。

ともあれ、御曹司の失脚をざまあみろと思うには、幸せなカップルを破局に導いたという罪悪感がどうしても付きまとう。知らなかったこととは言え……、ほんの一瞬ではあるものの、私と物子にも幸せな時期があったので、それを全否定したくはないけれど……、御曹司を闇落《やみお》ちさせてしまった責任は、正直、ひしひしと感じている。

公平に言って中学生にそこまでの裁量があったはずもないし、周りが勝手に気を遣った結果、誰にも止められないムーブメントになってしまったのだろうと、今ならわかる。殺人事件がそうやって起こることも、一国がそんな風に滅ぶことも、知識として知っている。

いじめはいじめる側が百パーセント悪いが、この論調を派生させると、原因のある悪い奴ならいじめてもいじめにならないという主張になりかねない。スキャンダルの末、バッシングで自殺に追い込まれる『加害者』を生むのは、実に不毛で、理不尽だ。

だから、小学校も中学校も廃校になったこの町に、フリースクールを創設するというプランに関しては、特に私は思うところが強い。

「なるほどなるほど。かつてそんな環境にありながら、自殺することなく生き延びたサバイバーである言祝先生だからこそ、自殺なんてしちゃ駄目だ、将来夢が叶うかもしれないんだから、苦しかったら逃げればいいんだよと、こう仰りたいわけですな」

と、納得したように、生前はもっともらしく頷いた。

もっともらしく頷いているだけに、いかにももっともらしい理解だが、でも、かなり違うな、それ。

そうじゃないんだよな。

「あのとき自殺しなかったことに、私は後ろめたさがあるんです」

「はい？」

「本当はあの虐待環境の中、私は自殺してるはずだったんじゃないかなって思うんですよ。なのにこうしてのうのうと生きている。生き延びている。同じような苦しみの中、いろんな人が自ら命を絶っているのに、私だけが図々しく生き延びている。生きて、利権を享受してる。死んでいった彼らが観られなかった、『スター・ウォーズ』の最新作を観ている。ポップコーン片手に」

生前は、おそらく軽口のニュアンスでサバイバーと言ったけれど、そこだけは、言葉の使いかたが合っている。サバイバー。この感情は、サバイバーズ・ギルトだ。

生きていることがズルみたいだ。

心中を誓っておきながら、自分だけ生き延びたようである。

「ふむふむ。だから先生の小説は、自殺小説なのですね。自殺ばかりを描くことで、仮想的な自殺を、執筆を通して体験しているわけだ。そう言えば、あらゆる自殺を描写しながらも、心中だけは書いておられないのも、同じ理由でしょうか」

「それは単なる、ワンパターンのマンネリですよ。私はただ、こうして生きていることが、自殺していった『仲間達』に申し訳ないだけなんです。だから許せないのかな。自殺することが許される、ウェルテルタウンの建設が。私ができなかった自殺を、みんなは手軽に、後腐れなくできるなんて」

ことの発端になった元カノの存在ごと、生家を忘れるほどのトラウマだ。しかし、語ってはみたものの、これも結局短絡的なラブストーリーなのかもしれない。武勇伝なんてとんでもない。巨人・ゲーテの著した主人公が自殺したと聞けば、哲学的な思想に基づく自殺のように思ってしまうけれど、突きつめれば婚約者のいる女性とうまくいかなかったことによる、恋愛のもつれによる自殺であるように。

むべなるかなだ。

いくらゲーテでも、『若きウェルテルの悩み』を著したのは、二十代の頃だぞ？

あるいはことはもっとシンプルなのかもしれない。

もしもＲＩＰサービスの充実した自殺の名所なんて街が日本に完成したら、他ならぬ私こそが、そこで自死を選びかねないから。『ナポリを見て死ね』とゲーテは言ったが、私はウェルテルタウンを見て死ぬことになる。

やっと死ねる。

死ぬことが許される。死ぬことで許される。

「そりゃあわがままというものですよ、言祝先生。あなたのトラウマに、他人を付き合わせちゃあいけません。昔、自分が自殺できなかったからと言って、今自殺したい方々を俗世に引き留める権利はないでしょう。お気持ちはお察ししますが、そういった自己表現は、先生の場合、小説でなされればよろしいかと」

「はは。冷たいなあ」

いや。

この調子のいい、正体のわからない男が、やっと真摯に、私という個人に向き合って対応してくれたのだと思おう。

そして身も蓋もなければ身も世もないが、仰る通りである。

自己表現の手段も、ステージも、死生観も生き死にも、人それぞれだ。死ぬことで自己を表現する者もいれば、生きることで自己を表現する者もいる。

あなたは町を興《おこ》せばいい。

私は、心を熾《おこ》す。

「すみません、生前さん。せっかく骨を折ってもらったのに申し訳ありませんけれど、市長へのオンラインインタビューはキャンセルしてください。私から言い出したことなのにすみません」

「え？　それは困りますね。わたくしの骨などいくら折れても構いませんが、約束した取材はしていただかないと――」

「市民病院への取材も、線路への飛び込み自殺スポットだったりのその他の取材も、オールキャンセルです。午後からは、取材よりも大切な用事ができました」

「取材よりも大切な用事？　ほほう、単なるサボタージュではないということですね。しかし先生、なんでしょうか、その用事とやらは」

「おわかりでしょうに。取材よりも大切な用事なんて、執筆しかないでしょう」

私は言った。

「お望み通り書かせていただきますとも。民宿ピラミッドで、文豪のように缶詰になって。安楽市を舞台にしたご当地小説をね。そしてそれは、自殺小説でもある」

「……嬉しい限りですが、わたくしがそれを強要したような形になるのは必ずしも望ましくはありませんね。書きたくない小説を書くことは、小説家にとって自殺のようなものでしょう。返す返すも申し上げますが、わたくしは、自殺を強要するつもりはありません。ウェルテルタウンにおいて、それはタブーですから。死ぬなと言わない代わりに、死ねとも言わないのが、ウェルテルタウンの基本姿勢なのです」

確かに。

餓飢童に対してしたのも、あくまで依頼だ。強要でもないし、帮助でもない。だけど。

「誤解もはなはだしいですね。書きたくない小説くらい、いくらでも書けますよ。書きたくないトラウマだって、書きたくないプライバシーだって、書きたくない秘密だって、書きたくない後悔だって、死にたい気持ちだって。そんなのはぜんぜん自殺じゃありません。だからね、あなたは遠慮せずにあらゆる手段を駆使して、私に小説を書かせればいいんです」

書かせればいいいし、書いた小説を、なんとでも言えばいい。

だけど、小説を書くなとだけは、誰にも言わせない。

死んでも言わせない。

3

夜七時。

本来は生前がセッティングしてくれた市長とのオンラインインタビューの時間だったが、私は安楽タワーではなく民宿ピラミッドにいて、しかも、原稿用紙の束《たば》を抱えて、隣の部屋に向かっていた。

『落込の間』に。

宇宙人と対面で対決するために。

コンディションは最高とは言えないし、四字熟語で言うなら疲労困憊《ひろうこんぱい》だし、熟語を語らず熟睡したいところだったけれど、残念ながら作家にとって、締め切りは何よりも優先される。事実はそうではないが、理想はそうだ。

私は地球のマナーを知っているので、ちゃんとノックをした。

「どうぞ。小説家の先生だよね、待ってたよ」

許可が下りたので『落込の間』の扉を開けてみると、餓飢童はとても人を待っていたとは思えないくつろいだベビードール姿で（それも確か、歌姫のステージ衣装であるナイトウェアのヴァリエーションだった）、しかし今回は、レトロなラジカセを部屋の隅に置いて、部屋の中央であぐらをかいて、見るからにデジタルな作業中だった。私の『憂鬱の間』と同じく、本来は家具ひとつないがらんどうの部屋のはずなのに、TV局のスタジオもさながらの撮影機材でぎちぎちだ。

壁にはグリーンバックが吊り下げられていて、照明も本格的だ。映像編集用のハイスペックなパソコンに、部屋の隅には、同じく持ちこみと思われる化粧台、三面鏡とメイク道具一式まであった。

映像チェック用のモニターは8Kっぽい。

「え……？　動画配信って、こんなにちゃんと準備しなくちゃいけないの？　アイフォーン一台と自撮り棒でやってるんだと思ってた」

「動画配信を舐《な》め過ぎでしょ、小説家の先生」

お互い、相手の仕事に敬意が不足していたな。私は蛇の群れのごとく床を這うケーブルを踏んだり引っかけたりしないように気をつけながら、室内に這入る。

「普段はこういうの、スタッフさんがやってくれてるんだけど、今回はしてもらうわけにはいかないからね。見様見真似《みようみまね》でがんばってるんだ。言ったっけ？　何者でもない『自分』だった昔は、ボクだって、ひとりでやってたし」

「……自殺をライブ配信しようとしてるの？　まさか」

「そのまさかだよ。と言うのもね、最近じゃあ規制もそれなりに厳しくなって、ボクみたいなのが自殺しても、それをちゃんと報道してもらえないかもしれないから」

プラグを抜いたり差したり捻ったりしながら、餓飢童は説明する。そうは言いつつ、一連の作業はぜんぜんこなれている。たこ足配線で、正直、この民宿のアンペア数で耐えられる電力じゃなさそうだが……。

「自殺したことや、その方法はおろか、死んだことさえ隠蔽されちゃうかも。だから、こうして映像で、ちゃんと証拠を残しておかないと」

立場は違えど、ビッグデータに反対派がいた記録を残しておきたかった物子と、通じるところのある発想である。世界や社会に爪痕を残す考えかたか……、あるいは禍根を。

『『極端な選択』だね。でも、僕の胡乱《うろん》な知識によれば、自由闊達な動画配信だって、最近はそういうのは厳しいんじゃなかったっけ？」

「抜け道は無限にある。あとで大変なことになるけど、ボクはその頃にはこの世におさらばしてるし。そこまで至ると、メディアで報道されないほうが、大ごとになる。隠蔽を嫌う人もいっぱいいるから」

「自己プロデュースに余念がないね」

「当然でしょ。ボクはね、ここんところずーっと、周囲の言われるがままに踊ってたんだよ。ネットの歌姫は、マリオネットの歌姫だった。自分のことを自分で決められるのは本当に久し振りなんだ。失敗したくない」

自分のことを自分で決める。すなわち自決。

「ま、失敗しても別にいいかも。ボクが決められるなら」

「ライブ配信での自殺っていうのが、オリジナルの自殺ってことかい？」

「ぜんぜんではないけれど、違うね。それはもう古い。ネタバレになっちゃうけど、小説家の先生ならいいや、教えちゃおう」

「おいおい、すごい信頼だな。僕がそのアイディアを先取りしたらどうするんだ？」

「信頼じゃなくて、デジタル知識が低そうだから、話しても大丈夫かなって。どうせ真似できっこないって、見くびってるだけさ。まだ素案だけど、ボクが考えているのは、メタバースでの自殺だよ」

メタバース……？

ＭＣＵの……、あれはマルチバースか。

「仮想空間での死を、現実空間とリンクさせるってことだよ。ＶＲの世界でなら、どんなアクロバットな死にかたでも可能でしょ？　そんな電気刺激を脳に与えることで、死ぬことができるんじゃないかなって」

宇宙語はわからないが、生前が私にさせようとした自殺の仮想体験とは、かなり趣を異にするようだ。私が小説の執筆によって体験してきた仮想の自殺とも違う。ただ、その方法なら、生前がどうやって実現させるか悩んでいた、ハラキリだって拳銃自殺だって、問題なくおこなえる。

夢の中の出来事みたいなものだ。

見れば、ケーブルの束にまぎれて無造作に、ＶＲ用のヘッドマウントセットが転がっている。あまり見たことがない型である。と言うより、おそらくこれはセルフビルドなんじゃないだろうか？

仮想自殺。否、理想の自殺。

自殺スポットをデジタルに求める。

生前は、安楽市はスマートシティではないと明言していた。だから最新機器など手に入らないと……、つまり、ガジェットも、企画も、完全に餓飢童の持ち込みということだ。このシステムならば、新撰組《しんせんぐみ》に斬《き》られて死にたい、みたいな自殺だって可能である。恐竜に踏み潰されて死にたい、みたいな妄想も叶う。シリコンバレーとはいかないだろうけれど、全世界のどこからでもアクセスできるのが売りのメタバースへの参戦を、あえて限界集落でおこなうという逆説も、地域再生のあるべき姿である。

なるほど、曲死だ。

空間を歪曲《わいきょく》させてやがる。

「お見それしたよ、餓飢童さん。マリオネットなんてとんでもない。十分クリエイティヴじゃないか、きみは。新しい自殺なんてあるはずがないと決めつけていたけれど、新しいギアを使えば、それは実現できるわけだ。ウェブ3って言うのかな。僕のような旧世代には、思いもよらない境地だよ」

ベビードールはいただけないが。

そこへ行くと私なんて、原稿用紙に万年筆だ。なんなら文豪のように、浴衣を着ればよかったかな。

言い訳させてもらえれば、さすがに普段はラップトップを使っている。自転車に乗ることがわかっているのに、大切なパソコンを持ち歩きたくなかっただけだ。まさかその場で執筆することになるなんて思っていなかったから。

「ありがと」

心から称賛したつもりだったが、割とさらっと流された。

称賛され慣れているな、歌姫は。

「きみがクリエイティヴだからこんな普通のことを訴えかけるんじゃないけれど、もうやめといたら？　メタバース自殺なんて手法を思いついただけで十分すごいし、別に実際にやらなくても」

「そんなことより、ボクの遺書、書いてくれた？　急《せ》かして悪いけど、納得いかない内容だったら容赦なく没を出すからね」

一応、最後にまともな説得も試みたが、これも『そんなことより』で流された。

ディスコミュニケーションだ。

「餓飢童きせきの、これまでの動画を見せてもらったけど、きみのファンはそんなことを決して望んでは……」

「ボクが長生きして落ちぶれたり、馬脚を露《あらわ》したり、不祥事を起こしたりするのを待っていてくれるって？　それはありがたいね」

「……デイリーランキングどころか、マンスリーランキングでさえ一位を取るような鳴りもの入りのアーティストが、どうしてそんなことを言うのかわからない。きみは、音楽の力を信じていないのかい？」

物子に聞かれたような言葉を、そのままぶつけてみた。

理想と言うなら、理想的には、この子は音楽の力で救われるべきだと思ったからだ。大人びた私の策略などではなく。ウェルビーイング効果などとおどけたが、モーツァルトの『魔笛』に由来する、パパゲーノ効果という考えかたもある。簡単に言えば、生前が言うところのサバイバーの存在が、自殺志願者を思い留まらせるというものだが——

「若いね、小説家の先生」

果たして。

十八歳の少女は、そう笑った。

「ボクは広告の力を信じている。ボクみたいななんでもない子を、歌うために生まれてきたカリスマ歌姫にしてくれた宣伝の力を。ランキング一位をすごいことみたいに言ってくれたけど、正直、小説家の先生は、売れてるってことは俗ってことだと思ってるタイプでしょ？」

ついてくるね、図星を。

ああ、その通りだ。

「いやいやいや、すべてがそうではないだろう。何百億ドルという経済効果を生んでいるメジャーリーガーは、広告なんて関係なく、己の実力で世界を沸かせているじゃないか」

「広告塔としてね。結局ボク達は、魂を削ってCMソングを作ってるようなものだ。種を知ってる手品に、感動はできないよ。ボクは感動の素材だ。事実、ボクくらいの歌姫はいくらでもいる。ボクくらいの再生数の歌姫は。ひとりいなくなってもわかんないし、普通に死んでも気付かれない」

「……それが嫌になったから自殺するのかい？」

だとしたら削ったのは魂ではなく。

メンタルだ。

あるいは――寿命だ。

命は再生できないのに。

「お、いいね、その理由。それっぽくて。そういう遺書を書いてきてくれたのかな？　それとも、もしかして小説家の先生、締め切りに間に合わなかった言い訳を、さっきからずっとしてるの？」

「失礼な。間に合わせたよ。読んでくれ。きみために書かれた作品だ」

自著を作品と呼ぶことを親の仇《かたき》のごとく嫌悪する私ではあったが、このときばかりはそう言って――まあ、親の仇は、私自身のようなものだし――、背中に隠していた原稿用紙の束を彼女に手渡した。今の今まで『憂鬱の間』で缶詰になって、喪中が昼食を運んできてくれたお膳を文机代わりに書いた、彼女の遺書を。

否。

彼女のための自殺小説を。

「……？　何これ、ぶ厚っ」

仮想空間建設作業の手を止めて、原稿用紙を受け取った餓飢童は、かなり面食らったようだった。契約書や説明書すらネット上で読むデジタル世代の彼女は、そもそも『紙の束』というものを、初めて見るかのようなリアクションである。

「マジで？　遺書がこんな分量になるの？」

「ああ。センセーショナルだろう？　しかもそれが、『映画の素材』仕立てというオリジナリティだ」

「二十四時間でこんなに書いたの？」

正確に執筆時間だけを言うなら、生家より民宿ピラミッドに戻ってきてからの六時間だ。原稿用紙は生前が市役所から調達してくれた……、さすが日本のお役所は、まだ紙で動いてくれている。

「きみの動画に触発されて、筆が乗ってしまってね。食指が動き過ぎて、腕が引きちぎれるかと思ったよ。途中からは左手で書いたぜ」

「……はは あ、わかったよ。そういう算段かい、小説家の先生」

どきっとする。

そんなに見え透いていたのか、私の企みは。

「これくらい嵩《かさ》を水増しした分量を渡せば、ボクがうんざりして流し読みになって、チェックが甘くなると思ったんでしょ。おあいにく様。ボクはそういういい加減な仕事はしません。一言一句漏らさずに、逐一ちゃんと読ませてもらうから。いらない部分はばんばん削っていくからね」

編集され慣れているだけあって、編集作業に容赦がない姿勢だが、そうしてもらえるのは、望むところだった。入水自殺用のスポットじゃないんだ、水増しなんてしていない。むしろスリムにまとめたつもりである。いつか書きたいと思っているけれどね、弁当箱本も。

いい加減な仕事はしません。

言うまでもなく、餓飢童のそのプロ意識こそが、私の算段の肝だった。

物子が冗談半分な投げやりで提案した、何らかの沼に沈めて自殺を思いとどまらせるというコミカルな案には大きなネックがふたつあって、ひとつは、そもそも自殺志願を考えるところまで及んでしまった人間は、およそ沼にはまれる精神状態ではないという点だ。綺麗な言葉や美しい風景にも、心が動かない。肉体が死ぬ前に精神が死んでいるようなものである。自尊感情が著《いちじる》しく低下している状態では、娯楽は楽しめない。究極、『これは自分のためだけに作られた作品だ』と勘違いできなければ、我々の心は動かない。

ましてカリスマ歌姫ともなれば、純粋に自分以外のエンターテインメントを楽しめないだろうという私の偏見もあった。手練手管で無理矢理読ませても、好ましい効果があるとも思えない。読書感想文を書くために義務的に読む課題図書に、どう楽しみを見出す？　気の向かないエンターテインメントなど、拷問のようなものだ。物子ならば虚無というだろう。

所詮《しょせん》素養がなければ、あるいは興味がなければ、サッカーワールドカップ決勝だって、退屈極まる。強要された娯楽は、娯楽たりえない。エンターテインメントを心から楽しむには、文字通りの心の準備が必要なのだから。

だが、自分の遺書なら別だ。

義務ではなく権利で、彼女は読む。

書いた遺書がノーチェックで通ってしまうザルな審査態勢なら使えない手だが、前髪に隠れた餓飢童の目がそうではないことはわかっていた。楽曲を提供した映画は必ず観るようにしている彼女が、己の遺書を読まないはずがない。

遺書だと言って、小説を読ませるのは許されざる偽装表示じゃないのか？　帯の惹句《じゃっく》で嘘を吐くようなものじゃないのか？　という真っ当な指摘に対しては、真っ当ではない自殺小説の大家に代筆を依頼するほうが悪いと答えよう。

偽装は推理作家の生業である。

それよりも、この案を採用すると、副産物的に複数の、新たにクリアしなければならない問題が生じることに触れなければならない。つまり、よりにもよって宇宙人を、私の小説で沼に沈めなければならないということだ。そして、そんな小説を、数時間で仕上げなければならないということだ。

一日あたり百万回再生の歌姫を自作で沼に沈めるなど、マイナーな犯罪小説家には明らかに荷が勝ち過ぎる。にもかかわらず、遺書の執筆を依頼されたのが言祝寿長である以上、これは私にしかできない仕事だった。

小説の力をそこまで信じられるのか？

物子からのそんな質問に、私は小説家として、イエスと答えた。

若いのだろう、確かに。若気の至りと言ってもいい。

もっとも、小説だけの力ではない。それこそ音楽にも、映画にも演劇にも同じ力があるし、求心力という点では、それらのほうが強いということは活字離れの昨今、私とて認めざるを得ない。

なかんずく、一体感という点において、小説は弱い。ライブ会場やシアターで、生まれる感動は、どうあってもひとりで、自分のペースで読むしかない小説からは生じない。

ただ、タイムリミットを区切られれば話は別だった。ごく短期間で、しかも最少人数で、ろくな道具も機材もなくても、電気すらなくっても、ゼロから仕上げられる娯楽は、小説の他にはないのだ。

ＲＩＰならぬＲＴＡ。

それでも数時間というのは、ＲＥＫＴな締め切りだったけれど、幸い、私は前日に、なかなか濃厚なハードスケジュールで、新作執筆のための取材をおこなっていた。町おこしコンサルタント、生前没後郎のナイスアテンドのお陰で。

そして、生まれ育った家で荒廃していた、中学生の頃の本棚を眺めて、初めて小説を読んだ頃の気持ちを、思い出せたお陰で。

もちろん楽勝だったと思って欲しくはない。決して簡単な仕事じゃなかったし、誤記やら書き損じやら、細部が雑になってしまった感は否めない。が、ともかく、締め切りには間に合った。

あるいは、餓飢童の自殺ショーには間に合った。

なので、あとは、沼プランの当初から存在している、動かざること地球のごとしの、大きな課題を残すのみだ。とりあえず明日も生きておこうと思う程度には、餓飢童が沼にはまってくれるかどうか？　それも急拵《きゅうごしら》えの、人工的な沼に。

さあ、地球は動くかどうか。

言っておくが、命の大切さを説くような内容ではない。私には逆立《さかだ》ちしたってそんなものは書けない。生前に語った通り、私自身、大して命や、生きることに意味を見出してはいない……、死にたくなっても、ロハで自殺したりはしないだけだ。だから私が書いたのは、生前の要望通りの、いつも通りの自殺小説でしかない。相手の好みに合わせて書くような、器用な真似もできない。オーダーメイドな遺書が餓飢童の趣味に合うかどうかは、一夜漬けの歌姫のMVが、どれほど私に影響を与えているかによる。

私の影響力は、きみの影響力次第だ。

果たして。

「駄目だね、これは」

と。

まだ原稿用紙を数枚もめくっていないのに、餓飢童は、そう言い放った。

「困ったね、小説家の先生。とてもじゃないけれど、これは読めないよ」

「え……」

開始数枚で没って、新人賞の第一次審査の落とされかたじゃないか。いや、サムネイルで表示されているわけじゃないんだから、さすがにもうちょっと先まで読んでもらわないと、こっちも納得できませんよ、歌姫さん。

「じゃなくて。読めないって言ってるの」

「無茶苦茶厳しい評価じゃないか。容赦しろよ。人が一生懸命書いたものを、読むに堪えないだなんて……」

「手書きの字が読めないんだよ。ボクは」

意外なことに、他人の――人類の――仕事をないがしろにする行為には後ろめたさがあるらしく、垂らした前髪の向こうで申し訳なさそうな顔をした餓飢童は、現在一番上になっている原稿用紙を、ひらりとこちらに見せた。万年筆で書かれた、私の手書きの文字が、所狭しとマス目に詰まっている。

そりゃあ、時間がなかったこともあって、清書できているとは言いがたいが……、読めないほどの悪筆か？　それこそ昔は、特定の担当編集者しか読めない字を書くような文豪もいたそうだけれど……、ああ、そうか。

ジェネレーションギャップ。

パソコンやスマホに慣れ親しんだデジタルネイティブは、手書きの文字に接する機会が減った結果、人間の書いた字が読めなくなってしまう現象が起こると、聞いたことがある。ゲシュタルト崩壊の逆と言うか……、馴染みのないヒットソングが、全部同じに聞こえてしまうようなものだ。

餓飢童はその極端なタイプらしい。ましてこの歌姫は、小説を読むのが、おそらくこれが初めてなのだ。楽譜が読めないとも言っていたが……、リテラシーがないのに、原稿用紙をすいすい読み進めろというほうが無茶だった。

「……手書きの字が読めないくらい、何の問題もないよ、餓飢童さん」

言って、私は宇宙人が、さながら不良債権のように抱えていた原稿用紙の束を、まとめてこちらに引き取った。

そしてこほんと咳払《せきばら》いする。

「最近はね、オーディオブックっていうのがあるんだよ」

そんなわけで、私は一億回再生の歌姫、いわば喉のプロを目の前に、自作の小説を朗読するという、中学時代にも経験したことがないような辱めを、生誕の地で受けることになったのだった。

死にたくなったかって？

ならなかったよ。

最終冊
ウェルテルタウンでやすらかに

それから半年後、私の故郷である安楽市は、誰でもいつでも好きなときに好きな方法で自決できる、自殺志願者達にとっての象の墓場、通称ウェルテルタウンとして全国的に周知されることになった。

私がしたことは、だったら全部無駄だったのかと言えば、存外そうではないのだが、しかしあの三泊四日の里帰り中に、するべきことをし損ねていたのも事実だった。具体的には、衝動的な執筆活動を優先してキャンセルした市民病院への取材は、横着せずにおこなっておいたほうがよかったかもしれない。

最寄り駅ならぬ一番遠くない駅からのワインディングロードを辿って、旅路の果てにようやくウェルテルタウンに到着した自殺志願者達は例外なく、まずはその市民病院で検診を受けることになる。

一種の入国審査みたいなものだが、まずは専門医のカウンセリングで、旅人は本当に死にたいのか、どうして死にたいのか、どれくらい死にたいのか、死ぬ以外の選択肢はないのかを詳細に、微に入り細をうがち、診断される。

狂言自殺や強要自殺を選別するために避けられない手順だが、この診断に引っかかった自殺志願者は、市民病院と提携している市役所から、しかるべき機関を紹介されることになる。

確実にリーチできるセーフティネットだ。

言うならば相談電話をこちらからかけるようなアプローチだが、本来、気持ちが落ち込んでいる人間に助けの手を差《さ》し伸《の》べるというおこないは、イメージ以上にうまくいかない。助けの手を払いのけられることもしばしばだ……、そんな拒絶に、手を伸ばした側の心も疲弊する。だけどこの場合、自殺志願者のほうから、手ならぬ足を延ばしてもらえるのだから、言うならばウェルテルタウンはナッジ効果を生んでいる。

そもそも、東京からでも丸一日以上かかるような秘境にある象の墓場である。到着するまでにへとへとに疲れて、そうでなくとも不便な移動時間がそのまま変な冷却期間になって、手料理が評判の民宿ピラミッドに宿泊する頃には、希死念慮が失せてしまう自殺志願者も少なくないらしい。

『若きウェルテルの悩み』を著してから十数年後、仕事を投げ出してイタリア中を周遊したゲーテのごとき長旅とは言わないものの、どうあれ旅は、視野を広げてくれる。

ちなみにゲーテは八十二歳まで生きた。

あやかりたいほど長生きだ。

今回は下見にとどめて、決行するのはまた今度でいいやと、ウェルテルタウンの誇る自殺スポットを見回って、ウェルテル銀座になんだかんだとお金を落とした末に、帰ってしまう者も続出している。本人観衆の下でレシピ化され、商店街でもチェーン展開されるようになった喪中ミーラの美食が、この世への未練を喚起するというのもあるかもしれない。

その下馬評に喪中もご満悦で、死んでもいいと言っていた。

洒落にならない。

これまでどんな人生を送ってきた料理人なのか定かではないが、さすが生前がウェルテルタウンに、私よりも歌姫よりも先に連れてきた人材と言ったところか。

ともあれ、町の性質上、本来は望むべくもなかったリピーターが、思わぬ形で獲得できた模様である。一期一会に二期三期があった。ただし、何度目の来訪であっても、到着時の審査は免除にならない。どれほど面倒でも、必ず医師のカウンセリングを受けることになる。

受診料は無料なので、そこはご安心あれ。

ただし市民病院は隔日診療なので、遊園地のアトラクションよりもよっぽど待たされることも請け合いだ。

自殺の名所として再開発されておきながら、人口流出こそすれ、どうして地元住民からいち早く自殺者が出ないのか、考えてみればはなはだ不可思議ではあったが、そこにはそういう原因があったわけだ。医療費無料で、住民はコンスタントにカウンセリングを受け続けていたのだから。

滞在時にその仕組みを教えておいてほしかったと言いたいところだが、取材をキャンセルしたのは私のほうである。まったく、私はいつも肝心なところで取材が足りない。ジャーナリストには向いていない。

逃亡市長の件もそうだ。

さすがの生前も、力業でブッキングした市長へのオンラインインタビューを、当日にドタキャンされるのは本気で困るようだったので、やむをえず私はあの日、代理のインタビューアーを市庁舎に送り込んだ。

誰かと言えば、ご近所さんが全員逃げだそうと、ひとり駐輪場で幟を立てて、反対運動を続けていた地元住民である。

さっきは医療体制を誉めたが、市民から自殺者が出ていないのは、彼女の見守りのお陰というのも大きいだろう。だから私の代役としては、正しい意味で役不足である。

町おこしコンサルタントも交えた、誰にとっても準備の足りない不本意な鼎談《ていだん》が、どのような内容だったのかは今もなお伏せられているし、私も怖いので知りたくもないけれど、しかし、私が当初イメージしていたよりも、かなり軟着陸したウェルテルタウンのＲＩＰサービスの運用に、逃亡市長への元部下からの提言が寄与していることは間違いない。

自殺することなく、雨の日も風の日も、沼の日以外は駐輪場に座り込み続けた物子のおこないは、こうして報《むく》われたわけだ。

今こそ声を大にして言える。

無意味なんかじゃなかった。

次の選挙で市長に立候補するんじゃないかという噂もあるが、どうだろう、活動家には推しの舞台があるからね。もしも推し活がひと段落して、チケ取りではないそんな当選が実現したら、改めてインタビューを申し込もう。

合わせる顔はないにせよ、そのときは対面で。

かように、毎年二万人に上る自殺者が、そして潜在的な自殺志願者が、ウェルテルタウンに一極集中することによって、そのビッグデータの統計が目に見える形で取れるようになったことは、国にとっても意義があった。全国に散らばる自殺スポットを一堂に会させた甲斐は、そこにこそあったのだ。

本気で死のうと思っている人間を止めることができないのは、いつどこで死ぬかわからないからだ。全員に自殺見張番をつけるわけにはいかない。そのほとんどが安楽市にやってくるとわかっていれば、予測できなかった動きをある程度把握できる。

適切な対処もできる。

極論、限られた一地域で自殺を、鉤《かぎ》かっこつきの『合法化』したことによって、逆にルールを設けることができた。相談を受け付け、定められた手順に則《のっと》り、頭ごなしに否定することも道徳的に説教することもない、システマティックな独自のアルゴリズムで、多角的な希死念慮の『見える化』が可能になった。

いい自殺と悪い自殺があるわけじゃない、自殺は自殺だ。

だからこそすべての自殺を、あらゆる自殺を、止めるのではなく受け止める。

その結果、毎年二万人の自殺者が、半数以下に減ったのだった——と言うのが、近い将来の人口グラフなのか、それとも私があの日、時間に追われながら書いた絵空事めいた夢物語、ご当地小説にして自殺小説の結末なのかは、想像にお任せするとしよう。町おこしコンサルタントだったら日本から自殺者がひとりもいなくなったと筆を滑らせるところだが、私は小説家だ。

嘘は書けない。

自殺を全否定するのも、それはそれで不健康である。

尊厳死を認めている国もあるとか、死刑のある国で命の尊さを説く矛盾とか、そういう制度のことじゃなく……、死にたい日もあれば生きたい日もあるのが、健康な人類だろう。

いずれにせよ、そういうことであれば私の取材旅行など、無駄でこそなくとも、あってもなくても最終的には似たようなものだったと結論づけられそうだ。

どころか、小さくない負債を背負ってしまった。

餓飢童きせきは、代筆した彼女の遺書の朗読を終えた、肉体的にも精神的にも疲労困憊の私に、開口一番、

「続きは？」

と言ったのだった。

「え？　いや、続きも何も、これで完結だけど」

「いやいや、小説家の先生、それじゃあ納得できないよ。回収されてない伏線があるし、主人公と元カノとの関係性も、まだすべてが明かされてないもん。主人公がいじめられてるとき、彼女は何を思っていたの？」

これはそういう美学であって、その謎が残っている感じが読みどころなんだと、私は嗄《か》れた声で繰り返し繰り返し、入念に説明したけれど、残念ながら実力不足で、読書初心者を納得させることはできなかった。

あるいはクリフハンガーに慣れ過ぎて、今の若者には完結という概念がないのだろうか。

「続きはもうちょっと時間をかけて書いていいよ、小説家の先生。死なずに待っててあげるから」

そんなわけで、私はあれから月に一度宇宙人に、安楽市を舞台にしたご当地小説を送信するという、わけのわからない仕事に従事している。故郷を守るためという大義名分は今や完全に失われているけれど、

「まだ終わりじゃない。続きを書いて」

と、物語の完結をなかなか許してもらえない。

最近は『週刊少年ジャンプ』の人気連載だって、ちゃんと完結させてくれるのに。

こんなにはまるとは思わなかった。

策が。沼にも。

もっとも、民宿ピラミッドの長期逗留客となり、歌姫としての活動を休止している彼女に、私の書いた刺激的な自殺小説が刺さったのは、あの子がまさしく、読書初心者だったからに他ならないのだから痛《いた》し痒《かゆ》しだ。いわば素材そのものの味に不慣れだった彼女にとって、字だけの娯楽というのが一周回って目新しかっただけではなく、私の奇妙奇天烈、悪趣味の限りを尽くした自殺小説を、彼女が今も求め続けているのは、清流を知らないからという一面がある。良質な文学を読む前だから、先入観も比較対象もない。

下書きやラフ画のほうがうまく見えるようなものか？

つまり、十八歳の少女にとって、自殺するよりも面白い小説であれば、それで条件を満たすのだ。過去の名作を、ましてゲーテを、越える必要はない。だったらその程度の条件、たやすく満たせなくてどうする？

とは言え餓飢童は、印刷された活字であれば問題なく読めるわけだし、なのでそのうち、他

の作家の優れた小説にも手を伸ばすようになれば、続編の要望もどこかでストップすることだろう。

小説は無限にある。

一生かかっても読み尽くせないほどに。

だから彼女は彼女の本棚を作ることになる。

名だたる名作とのパイプ役になれるのだと思えば、光栄である。それがよそ行きの意見だとして、本当に光栄なのは、彼女の最初の本棚の住人になれたことか。たとえ本棚ごと朽ち果てても、その事実は変わらない。

起伏のある長い人生において、ほんのひとときでも、生きていることを忘れるほどに耽溺《たんでき》してもらえたならば、そんな本望はない。

最後に告白すると、私は途中まで、不慣れだろうとリテラシー不足であろうと、小説では歌姫の自殺を止めることはでき<ruby>ない</ruby>というエンディングを想定していた。自殺志願者に対しては、もっと現実的な解決策を練らなければならないと、かなりぎりぎりまで考えていた。私は、否、私達は、ここ数年で、緊急事態下におけるエンターテインメントの無力さみたいなものを、思い知ったはずなのだから。しかし意外なことに、思い知ってはいなかったようだ。いやいや、たかが小説で自殺を止められるはずがないじゃないかと言祝寿長先生に言わせようとして、失敗した。小説は万能じゃない、小説で救えない人もいると言わせようとして、筆が止まった。

嘘が書けなかった。

その梗概《こうがい》で逆説的にウェルテル効果を、ひいてはウェルテルタウンの意義を否定したかったのに、そうは書けなかった。なのであの時間がないときに、大幅な修正を余儀なくされた。それは生前の言いかたで言うところの、いい変化だった……、否、いい停滞だった。

救えない人もいる。救われる人もいる。読者も。そして作者も。

付け加えると、餓飢童の考案した七番目の自殺、メタバース自殺は、安楽市の提供する自殺スポットの中でも、一番の人気アトラクションとなっている。ただし、人気なのは電磁波を脳に直結させない形の体験版だが……、仮想世界で自殺を体験することによって、ストレス解消になるというＲＩＰサービスだ。

ある意味で、自殺を『極端な選択』でも、究極の選択でもない、フラットな選択肢に落とし込んだとも言える。

期待していたウェルテル効果を発揮することはなかったけれど、潜在的な自殺志願者を招致すべく客寄せパンダとして餓飢童に声をかけた生前の目は確かだったし、プロデュースなしで彼女が発揮した独創性もまた、確かだったとまとめておこう。

と、雑誌連載と新聞連載という、古き良き執筆の合間を縫うようにして書いていた三つ目の連載、無報酬のご当地小説を、そろそろ締めようとしたこのタイミングで、その餓飢童きせきから電報が届いた。

失礼、ＤＭだ。

『小説家の先生へ。ボクより。

そろそろ活動再開しようと考えましたので、小説家の先生とマッシュアップします。つきましては、そのまま楽曲の題名にするので、送っていただいている小説のタイトルを決めてください。決めてくれたら、きっといいことがあります。今度は音楽のパワーを見せてあげる。願わくは、死んでもいいけど生きてていいんだと、知らない人のために朗読できる歌声でありますように。』

まったく、宇宙人との交信である。

相変わらず、やる気を失わせてくれる催促だ。マッシュアップ？　どういう宇宙語だろう。この星はきみを中心に回っている惑星ではないと、いつか教えてあげないと……、そのための小説を書きたいくらいだ。いずれにせよ、歌姫の活動再開はめでたいことである。その歌声を待ちわびて、今日まで生き延びた視聴者も、きっと数多くいただろうから。

そうやって待ちわびてくれるファンの存在が、結局のところ彼女を生き延びさせたのだと、私はそう思いたい。

死んでもいいけど生きててもいい。

その感想をいただけたのなら、私も無報酬で書き続けた甲斐があった。全人類に読まれる遺書より、ひとりよがりな小説を。

しかし、言われてみれば、その隠れた連載小説に、まだタイトルをつけていなかった。これは迂闊《うかつ》だった。私はタイトルを決めてから小説を書くことが多いけれど、今回は如何せん立ち上がりが慌ただしかったから……、あとからタイトルをつけるのは難しいので、そのままずるずる来てしまっていた。

勝手に決めてくれと返信しようと思ったが、しかし考えてみればこれは好機でもあった。終わってみればいつも通り、小説家独自のやり口で、仮契約のままふわっとさせていた口約束を、そのご当地ソングが果たしてくれるというのであれば、それ以上のエンドロールはない。愛おしくも厭《いと》わしい限界集落のリニューアルオープンと同時に姿を消した、怪しげな町おこしコンサルタントに、ゲーテになれなかった小説家と、ウェルテルになり損ねた歌姫から、最大の敬意を込めて……、私は執筆中の文章の冒頭にカーソルを移動させ、かちゃかちゃと、そのフレーズを入力する。

『ウェルテルタウンでやすらかに』

安らかに眠り、気持ちよく休めたら、好きな時間に起きればいい。

しかし、私が小説を書くように、餓飢童が歌を歌うように、生前没後郎は今日も今日とて日本のどこかで、限界を迎えた地域を生き返らせるべく精を出し、奇抜なアイディアを出し続けていることだろう。

乾坤一擲の自己表現で、市民を眠らせてはくれない。

だから、この歌声を聞き終えようとしているあなたも、たまには故郷に帰ったほうがいい。

いったい何が興っているか、知れたものではないのだから。

本書は書き下ろしです。

ウェルテルタウンでやすらかに

西尾維新（にしお・いしん）

1981年生まれ。『クビキリサイクル 青色サヴァンと戯言遣い』で第23回メフィスト賞を受賞し、デビュー。戯言シリーズ、〈物語〉シリーズ、忘却探偵シリーズ、返却怪盗シリーズなど著書多数。

2023年7月24日 第1刷発行

著者 西尾維新《にしおいしん》

発行者 髙橋明男

発行所 株式会社講談社

〒112-8001

東京都文京区音羽2-12-21

電話 [出版] 03-5395-3506

[販売] 03-5395-5817

[業務] 03-5395-3615

本文データ制作 凸版印刷株式会社

印刷所 凸版印刷株式会社

製本所 株式会社国宝社

KODANSHA

N.D.C.913 206p 20cm

ISBN 978-4-06-530631-4